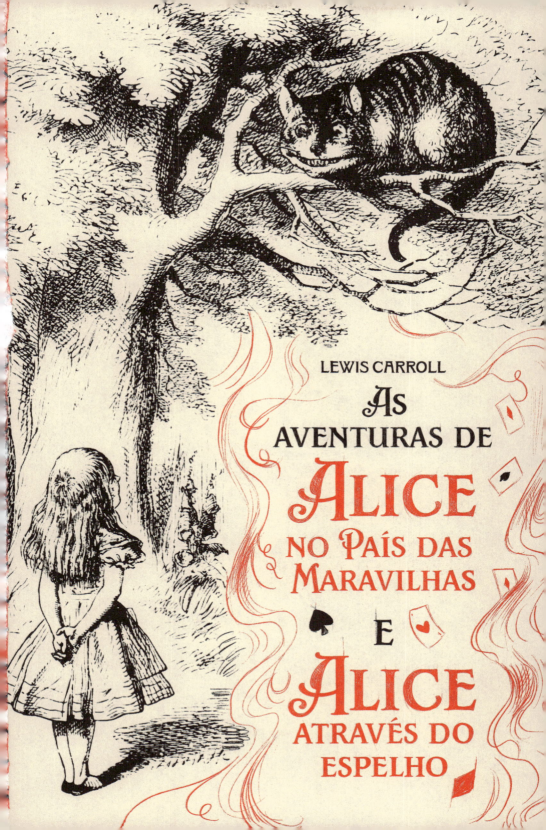

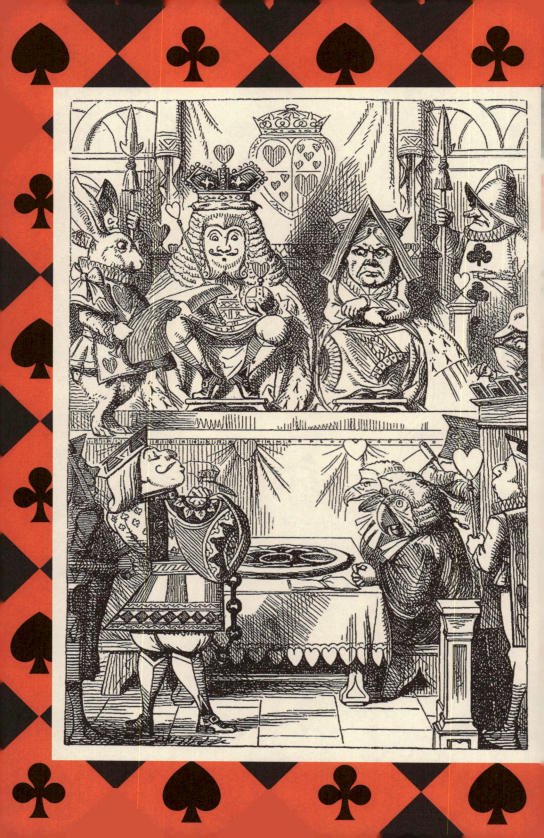

Copyright © 2021 Pandorga

All rights reserved.
Todos os direitos reservados.
Editora Pandorga
2ª Edição | 2022

Títulos originais:
Alice's Adventures in Wonderland
Through the Looking-Glass and What Alice Found There
Autor: Lewis Carroll

Diretora Editorial
Silvia Vasconcelos

Editora Assistente
Jéssica Gasparini Martins

Tradução
Sarah Pereira

Composição de Capa
Lumiar Design

Projeto gráfico
Rafaela Villela
Lilian Guimarães

Ilustrações originais
John Tenniel

Diagramação
Lilian Guimarães

Revisão
Maitê Zickuhr
Michael Sanches

Dados Internacionais de Catalogação na Publicação (CIP) de acordo com ISBD

C319a Carroll, Lewis

Alice / Lewis Carroll ; traduzido por Sarah Pereira. - Cotia: Pandorga, 2022.
296p. : il. ; 16cm x 23cm.

ISBN: 978-65-5579-102-0

1. Literatura inglesa. 2. Contos de fadas. I. Pereira, Sarah. II. Título.

2021-2792

CDD 823
CDU 821.111-31

Elaborado por Vagner Rodolfo da Silva - CRB-8/9410

Índices para catálogo sistemático:
1. Literatura inglesa 823
2. Literatura inglesa 821.111-31

 Alice no País das Maravilhas

◆	Apresentação	12
I	Dentro da toca do Coelho	21
II	A lagoa de lágrimas	29
III	Uma corrida de associados e um longo conto	37
IV	O Coelho envia o pequeno Bill	45
V	O conselho de uma Lagarta	55
VI	Porco e Pimenta	65
VII	A festa louca do chá	77
VIII	O jogo de croqué da Rainha	87
IX	A história da Tartaruga Falsa	97
X	A Quadrilha de Lagosta	107
XI	Quem roubou as tortas?	115
XII	A evidência de Alice	123

ALICE ATRAVÉS DO ESPELHO

	Prefácio do autor	139
I	A Casa do Espelho	143
II	O Jardim de Flores Vivas	155
III	Os insetos do Espelho	167
IV	Tweedledum e Tweedledee	179
V	Lã e Água	195
VI	Humpty Dumpty	207
VII	O Leão e o Unicórnio	221
VIII	"É minha própria invenção"	233
IX	Rainha Alice	249
X	Chacoalhando	267
XI	Acordando	269
XII	Quem sonhou?	271
	Curiosidades	276

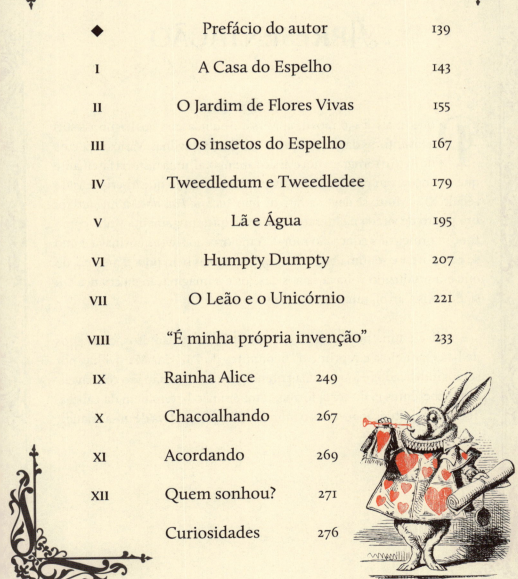

Apresentação

Pouco mais de 150 anos de aniversário e ainda amamos ler (ou assistir) as aventuras da garotinha no País das Maravilhas. Vários aspectos do livro o tornaram um clássico atemporal, uma história fascinante que alcançou um público definitivamente maior do que as crianças do século XIX. Muito se deve ao fato de que *Alice no País das Maravilhas* foi um ponto de virada na literatura infantil, que antigamente tinha como função principal a educação moral. A maioria dos livros ensinava como se comportar e ser uma boa criança. Pouco, mas bem pouco mesmo, do que era produzido voltava-se aos desejos e à imaginação da criança em si. E Lewis Carroll mudou tudo isso.

Alice é uma personagem que dá broncas em adultos, conselhos de boas maneiras e reprime os habitantes do País das Maravilhas por serem indelicados e loucos. Ela entende que adultos não são confiáveis, são incoerentes e, de certa forma, também não batem bem da cabeça. Temos uma situação reversa: o mundo sob a perspectiva de uma criança.

O motivo do sucesso de Alice em várias partes do mundo é mais complexo, mas pode estar relacionado a percepções sobre a essência britânica do livro. O País das Maravilhas tem uma rainha, festas e chás, jogos de croqué e empregados domésticos. Não é à toa que a Disney lhe concedeu o título de princesa e a integrou em seu selecionado rol.

No entanto, as inúmeras interpretações possíveis certamente são um dos grandes motivos da imortalidade da obra. Em uma delas, a história é uma metáfora para uma jornada interior, em direção às vontades incontroladas do subconsciente. Vários personagens perguntam a Alice "quem é você?" e nem sempre ela responde de uma forma clara. Talvez seja uma alegoria sobre como é difícil crescer, representada pelo despertar literal de Alice no fim da história.

Alice no País das Maravilhas é um exemplo de obra que pode significar o que se quer que ela signifique, dependendo da perspectiva. Contos de fadas sobrevivem porque são versáteis: eles podem significar coisas diferentes em contextos diferentes. Alice viverá por muitíssimos anos mais.

Boa Leitura.

Juntos, naquela tarde dourada,
Deslizávamos pelo rio devagar;
Pois pequenos braços, ineptos,
Estavam os remos a manobrar,
Enquanto mãozinhas fingiam
O percurso do barco indicar.

Ah! Cruéis Três! Logo agora,
Sob um tempo tão sonhador,
Implorar uma história a alguém de sopro tão fraco
Que nem sequer a menor pena pode mover!
Ainda assim, o que essa voz fraca pode valer
Contra três línguas juntas?

Imperiosa, a primeira decreta:
"Comece já"...
Em tom mais gentil, a segunda deseja:
"Que seja um nonsense absoluto"
Enquanto a terceira interrompe com palpites:
"Pelo menos uma vez, a cada minuto".

Logo, tomadas por silêncio súbito,
Em fantasia elas vão seguindo
A personagem se movendo por seu destino
De maravilhas novas e selvagens,
Tagarelando com todo tipo de animal pelo caminho –
O trio até acredita que parte seja verdade.

E sempre que a história esgotava
Os poços de fantasia,
Eu francamente cansado insinuava
Deixar para outro dia:
"O resto, para depois...", "Mas já é depois!"
Três vozes esperneavam em alegria.

Assim cresceu o País das Maravilhas:
Assim, um por um, lentamente,
Seus eventos pitorescos foram elaborados
E agora o conto está acabado,
E voltamos para casa, sob o sol poente.

Alice! Aceite essa história infantil,
Com uma mão gentil
Guarde-a onde os sonhos da infância são entrelaçados
Na banda mística da Memória
Como a guirlanda de flores murchas que
A cabeça dos peregrinos adorna,
De uma terra longínqua arrancada.

OH, POR MINHAS ESTÁ FICANDO OMO

ORELHAS E BIGODES,

Capítulo I

Dentro da toca do Coelho

Alice estava começando a ficar muito entediada por permanecer na colina, sentada no banco ao lado de sua irmã, e de não ter nada para fazer. Ela havia espiado o livro que a irmã estava lendo uma vez ou outra, mas ele não possuía imagens ou diálogos. "E pra que serve um livro sem figuras ou falas?", pensou Alice.

Assim, ela pensava consigo mesma (o melhor que podia, porque o dia quente a fazia se sentir bastante sonolenta e boba) se o prazer de fazer uma guirlanda de margaridas valeria o esforço de levantar-se e colhê-las, quando de repente, um Coelho Branco de olhos cor-de-rosa passou correndo por ela.

Não havia nada tão extraordinário nisso, e Alice não achou assim tão esquisito ouvir o Coelho dizer para si mesmo:

— Oh, poxa, oh, poxa, chegarei atrasado!

Quando ela pensou nisso mais tarde, ocorreu-lhe que deveria ter se maravilhado com isso, mas na hora tudo parecia bastante natural. Porém, quando o Coelho na verdade *tirou um relógio de bolso do seu colete*, o analisou, e então se apressou, Alice ficou de pé rapidamente, porque passou por sua mente que ela nunca antes havia visto um coelho com um bolso no colete, e muito menos com um relógio para tirar dali, e, ardendo de curiosidade, correu atrás dele pelo campo, bem a tempo de vê-lo pular dentro de uma grande toca debaixo de uma cerca viva.

Imediatamente, Alice foi atrás dele, sem sequer pensar em como conseguiria sair dali depois.

A toca do coelho seguia como um tipo de túnel e então subitamente afundava, tão de repente que Alice não teve um segundo para pensar em parar antes de se encontrar despencando em um poço que parecia bastante profundo.

Ou o poço era bastante profundo, ou ela caía muito lentamente, porque, conforme caía, teve bastante tempo para olhar ao redor, e para se perguntar o que aconteceria em seguida. Primeiro, tentou olhar para baixo e decifrar o que viria, mas estava muito escuro para enxergar qualquer coisa. Então, olhou para os lados do poço e reparou que estavam cheios de armários e estantes; ela viu mapas e imagens penduradas por pregos aqui e ali.

Enquanto passava, retirou um pote de uma das estantes que estava rotulado "GELEIA DE LARANJA", mas para seu grande desapontamento, estava vazio. Ela não gostaria de derrubar o pote por medo de matar alguém lá embaixo, então conseguiu colocá-lo em uma das estantes conforme passou por ali.

"Bem", Alice pensou, "depois de uma queda como essa, despencar escada abaixo não há de ser nada! Eles me acharão muito corajosa em casa! Ora, eu não diria nada sobre isso, mesmo se eu caísse do telhado de casa!" (O que era muito provável, na verdade).

Caindo, caindo, caindo. Essa queda nunca iria chegar ao fim?

— Quantos quilômetros terei caído, até agora? — disse em voz alta. — Devo estar chegando em algum lugar próximo do centro da Terra. Deixe-me ver: isso deve ser mais de seis mil quilômetros de profundidade, eu acho... — Alice havia aprendido várias coisas desse tipo em suas lições na sala de aula e pensou que essa não era uma oportunidade *muito* boa para exibir seu conhecimento, já que não havia ninguém para ouvi-la, mas ainda era bom praticar várias vezes. — Sim, essa é mais ou menos a distância correta. Mas então eu me pergunto qual a latitude e a longitude que deverei estar? — Alice não tinha a mínima ideia do que era latitude, ou mesmo longitude, mas pensou que eram palavras muito agradáveis de se dizer.

E continuou:

— Será que vou atravessar a Terra?! Quão engraçado seria sair entre as pessoas que andam de cabeça para baixo! Os *Antipatias*, acredito eu... — Desta vez ela estava contente por não haver ninguém ouvindo, porque a palavra não soava certa — mas terei que lhes perguntar qual é o nome do país, você sabe. Por favor, senhora, aqui é a Nova Zelândia? Ou a Austrália? — E tentou fazer uma reverência enquanto falava. Imagine, enquanto se está caindo pelos ares! Você acha que conseguiria?

— E que garotinha ignorante ela vai pensar que eu sou por perguntar! Não, nunca é necessário perguntar: talvez eu o veja escrito em algum lugar.

Caindo, caindo, caindo. Não havia mais nada a fazer, então Alice logo começou a falar novamente:

— Eu acho que Dinah sentirá minha falta esta noite! — Dinah era a gata. — Espero que se lembrem do seu pires de leite na hora do chá. Dinah, minha querida! Receio que não haja ratos no ar, mas você poderia pegar um morcego e, você sabe, isso é muito parecido com um rato. Mas será que os gatos comem morcegos?

E aqui, Alice começou a ficar um pouco sonolenta e continuou dizendo para si mesma, de um modo sonhador:

— Gatos comem morcegos? Gatos comem morcegos? — E às vezes: — Morcegos comem gatos?

Pois, perceba, como ela não conseguiria responder a nenhuma das perguntas, não importava muito como ela as fazia. Ela sentiu que estava cochilando, e tinha apenas começado a sonhar que estava andando de mãos dadas com Dinah, e lhe dizia sinceramente: "Agora, Dinah, diga-me a verdade: você já comeu um morcego?", quando de repente... PLAFT! Ela caiu sobre uma pilha de gravetos e folhas secas. A queda terminou.

Felizmente, não se machucou nem um pouco e logo se pôs de pé. Olhou para cima, mas estava tudo escuro; diante dela havia outra longa passagem, e o Coelho Branco ainda estava à vista, correndo por ela. Não havia um segundo a ser perdido: Alice correu como o vento e chegou a tempo de ouvi-lo dizer, quando virou uma esquina:

— Oh, por minhas orelhas e bigodes, como está ficando tarde!

Ela estava bem atrás dele quando dobrou a esquina, mas já não havia sinal do Coelho Branco. Percebeu, então, que estava em um salão comprido e baixo, iluminado por uma fileira de lâmpadas penduradas no teto. Haviam portas por todo o salão, mas todas estavam trancadas; depois de ter andado de um lado para o outro tentando abrir cada uma, caminhou tristemente para o meio, imaginando se conseguiria sair daquele lugar.

    Subitamente, ela se deparou com uma mesinha de três pernas toda feita de vidro maciço; nela, não havia nada além de uma minúscula chave de ouro. A primeira ideia de Alice foi que poderia pertencer a uma das portas do salão, mas... Ah! Ou as fechaduras eram muito grandes ou a chave era muito pequena, mas de qualquer forma não abriria nenhuma delas.

    Porém, na segunda vez, deparou-se com uma cortina baixa que não havia notado antes, e atrás dela havia uma portinha de cerca de quarenta centímetros de altura. Ela experimentou a chave de ouro na fechadura e, para sua grande alegria, se encaixava! Alice abriu a porta e descobriu que levava a uma pequena passagem, não muito maior do que um buraco de rato. Ajoelhou-se e, olhando pelo buraco, avistou o jardim mais lindo que já tinha visto em sua vida.

Como desejava sair daquele salão escuro e passear por entre aqueles canteiros de belíssimas flores e aquelas fontes de água fresca! Mas ela não conseguia sequer passar a cabeça pela porta. "E mesmo que minha cabeça passasse, pouco adiantaria sem meus ombros. Oh, como eu queria poder me encolher como um telescópio! Acho que poderia, se eu soubesse como começar", pensou Alice. Pois, veja bem, tantas coisas incomuns haviam acontecido ultimamente que Alice começou a pensar que raríssimas coisas eram realmente impossíveis.

Parecia não haver motivo para esperar perto da pequena porta, então voltou para a mesa, torcendo para encontrar outra chave, ou um livro de instruções para encolher pessoas. No entanto, ela encontrou uma garrafinha sobre a mesa:

— Certamente isso não estava aqui antes — falou Alice.

Amarrada em volta do gargalo havia uma etiqueta de papel com as palavras "Beba-me" lindamente impressas em letras grandes. Tudo bem estar escrito "Beba-me", mas a pequena e sábia Alice não faria isso às pressas:

— Não, primeiro vou olhar — disse ela —, e ver se está marcado "veneno" ou não. — Pois ela lera várias histórias divertidas sobre crianças que foram queimadas e devoradas por bestas selvagens e outras coisas desagradáveis, tudo porque não se lembravam das regras simples que seus amigos lhes haviam ensinado, como por exemplo, que um atiçador de fogo em brasa o queimará se você o segurar por muito tempo, e que se cortar o dedo profundamente com uma faca, geralmente sangra; e ela nunca havia se esquecido de que se você bebe muito de uma garrafa marcada como "veneno", é quase certo que isso lhe fará mal, mais cedo ou mais tarde.

No entanto, essa garrafa não estava marcada como "veneno", então Alice se arriscou a prová-la e achou muito bom (de fato, tinha uma espécie de sabor misto de torta de cereja, creme, abacaxi, peru assado, caramelo e torradas com manteiga derretida) e ela logo bebeu tudo.

— Que sensação curiosa! — disse Alice. — Devo estar encolhendo como um telescópio.

E estava mesmo: ela agora tinha apenas vinte e cinco centímetros de altura e seu rosto se iluminou com a ideia de que chegara ao tamanho certo para atravessar a portinha do jardim encantador. Primeiro, porém, ela esperou alguns minutos para ver se iria encolher ainda mais: sentia-se um pouco nervosa com isso, "pois pode acabar, você sabe", disse ela a si mesma, "comigo desaparecendo completamente, como uma vela. Como deve ser, então?". E tentou imaginar como seria a chama de uma vela depois que se apagasse, pois não conseguia se lembrar de ter visto uma coisa dessas.

Depois de um tempo, ao descobrir que nada mais aconteceu, ela decidiu entrar no jardim imediatamente; mas, ai da pobre Alice! Quando chegou à porta, percebeu que havia esquecido a pequena chave de ouro e, quando voltou para a mesa, descobriu que não podia alcançá-la: podia vê-la claramente através do vidro, e tentou ao máximo subir em uma das pernas da mesa, mas era muito escorregadia e, quando se cansou de tentar, a coitadinha sentou-se no chão e chorou.

"Vamos, não adianta chorar assim!" Alice disse asperamente para si mesma. "Aconselho que pare neste minuto!" Ela geralmente se dava bons conselhos (embora raramente os seguisse) e às vezes se repreendia com tanta severidade que provocava lágrimas nos olhos. Uma vez, lembrou-se de ter tentado puxar as próprias orelhas por ter se enganado em um jogo de croqué que estava jogando contra si mesma, pois essa criança curiosa gostava muito de fingir ser duas pessoas. "Mas não adianta agora", pensou a pobre Alice, "fingir ser duas pessoas! Ora, mal sobra alguma coisa de mim para fazer uma única pessoa apresentável!"

Logo seus olhos perceberam uma caixinha de vidro que estava debaixo da mesa: ela a abriu e encontrou um bolo muito pequeno, no qual as palavras "Coma-me" estavam lindamente escritas em groselha.

— Bem, irei comê-lo — disse Alice —, se me fizer crescer, posso alcançar a chave; e se me fizer encolher, posso rastejar por baixo da porta;

então, de qualquer forma, irei entrar no jardim e não ligo para o resultado!

Comeu um pedacinho, e disse para si mesma, aflita, "Para cima ou para baixo? Para cima ou para baixo?", com a mão sobre a cabeça para sentir em que direção estava indo, ficando muito surpresa ao verificar que continuava do mesmo tamanho: não há dúvida de que isso geralmente acontece quando se come bolo, mas Alice tinha se acostumado tanto a esperar só coisas esquisitas acontecerem que lhe parecia muito sem graça e maçante que a vida seguisse da maneira habitual.

Então ela começou os trabalhos e rapidamente terminou o bolo.

A LAGOA DE LÁGRIMAS

Cada vez mais esquisitíssimo! — exclamou Alice. E ela ficou tão surpresa que, por um momento, se esqueceu de como falar corretamente. — Agora estou espichando como o maior telescópio que já existiu! Adeus, pés! — (Pois quando ela olhou, eles pareciam quase sumir de vista porque estavam muito distantes). — Oh, coitadinhos, pergunto-me quem calçará seus sapatos e meias agora, queridos? Tenho certeza de que não poderei! Estarei longe demais para me incomodar com vocês, arranjem-se da melhor maneira possível... Mas devo ser gentil com eles, ou talvez eles não sigam o caminho que quero seguir! Deixe-me ver: eu lhes darei um novo par de botas todo Natal.

E ela continuou planejando como faria isso. "Eles devem ir pelo correio", pensou ela, "e que engraçado será, enviar presentes para os próprios pés! E como o endereço vai parecer estranho!"

EXMO. SR. PÉ DIREITO DA ALICE,
TAPETE JUNTO À LAREIRA
PERTO DO GUARDA-FOGO,
(COM AMOR, ALICE)

— Ai, Deus, que bobagem estou falando!

Nesse exato momento, sua cabeça bateu contra o teto do salão: na verdade, agora que ela tinha quase três metros de altura, imediatamente pegou a pequena chave de ouro e correu para a porta do jardim.

Pobre Alice! O máximo que conseguiu fazer para olhar para o jardim foi isto: deitar-se de lado e espiar com um olho só, mas passar pela porta era mais impossível do que nunca. Ela sentou-se e começou a chorar de novo.

— Você deveria sentir vergonha de si mesma — Alice falou —, uma garota grande como você — ela podia dizer isso —, continuar chorando dessa maneira! Pare agora, eu estou mandando! — Mas ela continuou do mesmo jeito, derramando galões de lágrimas até que havia uma grande lagoa ao seu redor, com cerca de dez centímetros de profundidade e que se estendia até metade do salão.

Depois de um tempo, ouviu um leve tamborilar de passos ao longe e secou os olhos às pressas para ver o que estava por vir. Era o Coelho Branco retornando, esplendidamente vestido, com um par de luvas brancas de criança em uma mão e um grande leque na outra. Ele veio trotando com muita pressa, murmurando para si mesmo: "Oh, a Duquesa, a Duquesa! Oh! Quão furiosa ela ficará se eu a fizer esperar?"

Alice se encontrava tão desesperada que estava pronta para pedir ajuda a qualquer um. Assim, quando o Coelho Branco se aproximou, ela começou em voz baixa e tímida:

— Por gentileza, senhor...

O Coelho se assustou violentamente, derrubou as luvas brancas de criança e o leque, e escapuliu para a escuridão com a maior rapidez que pôde.

Alice pegou o leque e as luvas, e como estava muito calor no salão, ficou se abanando sem parar e continuou falando:

— Deus, Deus! Como tudo está estranho hoje! E ontem as coisas aconteceram como de costume. Eu me pergunto se mudei de noite. Deixe-me pensar: eu *era* a mesma quando me levantei esta manhã? Eu quase me lembro de me sentir um pouco diferente. Mas, se não sou a mesma, a próxima pergunta é: quem raios sou eu? Ah, esse é o grande quebra-cabeça!

E ela começou a pensar em todas as crianças que conhecia e que tinham a mesma idade que ela, para ver se poderia ter sido mudada

por alguma delas.

— Tenho certeza de que não sou Ada — explicou —, pois seu cabelo tem cachos tão longos e o meu não fica com cachos. E é claro que não posso ser Mabel, porque sei todo tipo de coisa, e ela, oh! Ela sabe muito pouco! Além disso, ela *é ela*, e eu *sou eu*, e, oh! Deus, como tudo isso é intrigante! Vou testar para ver se sei todas as coisas que costumava saber. Deixe-me ver: quatro vezes cinco é doze, quatro vezes seis é treze, e quatro vezes sete é... ai, Deus! Nunca chegarei a vinte nesse ritmo! No entanto, a tabuada de multiplicação não importa; vamos tentar Geografia. Londres é a capital de Paris, e Paris é a capital de Roma, e Roma... não, está *tudo* errado, tenho certeza! Devo ter sido trocada por Mabel! Vou tentar recitar "Como vai o pequeno..." — e ela cruzou as mãos no colo, como se estivesse dando lições, e começou a recitá-las, mas sua voz soou rouca e estranha, e as palavras não saíam como costumavam:

COMO PODE O CROCODILO
FAZER SUA CAUDA LUZIR,
BORRIFANDO A ÁGUA DO NILO
QUE DOURADA VEM CAIR?

SORRISO LARGO, VAI NADANDO,
E DE MANSO, ENQUANTO NADA,
OS PEIXINHOS VAI PAPANDO
COM A BOCA ESCANCARADA!

— Tenho certeza de que essas não são as palavras certas — falou a pobre Alice, e seus olhos novamente se encheram de lágrimas enquanto prosseguia. — No final das contas, devo ser Mabel, e terei de morar naquela casinha apertada, onde quase não há brinquedos para brincar, e oh! Serão tantas lições para aprender! Não, já me decidi: se sou a Mabel, ficarei aqui embaixo! Não vai adiantar nada eles encostarem suas cabeças no chão e pedirem "Volte para cá, querida!" Vou simplesmente olhar para cima e dizer "Então quem sou eu? Primeiro me digam; aí, se eu gostar de ser essa pessoa, eu subo; se não, fico aqui embaixo até ser alguma outra pessoa"... Mas, ai, ai! — exclamou Alice numa súbita explosão de lágrimas. — Queria muito que encostassem a cabeça no chão! Estou tão cansada de ficar aqui assim, sozinha!

Ao dizer isso, ela olhou para as mãos e ficou surpresa ao ver que havia colocado uma das luvinhas brancas do Coelho enquanto falava. "Como posso ter feito isso?" pensou. "Devo estar ficando pequena novamente." Ela se levantou e foi até a mesa para se medir, e descobriu que, tanto quanto podia calcular, agora tinha sessenta centímetros e continuava encolhendo rapidamente. Logo descobriu que a causa disso era o leque que estava segurando e o soltou às pressas, bem a tempo de se impedir de encolher completamente.

— Essa foi por pouco! — exclamou Alice, bastante assustada com a mudança repentina, mas muito feliz por ainda estar existindo. — E agora, para o jardim! — E correu com toda a velocidade de volta para a portinha. Mas, ai que pena! A portinha foi fechada novamente e a pequena chave de ouro estava sobre a mesa de vidro como antes. "As coisas estão piores do que nunca", a pobre criança pensou, "pois nunca fui tão pequena assim antes, nunca! E eu declaro que isso é muito ruim, é sim!"

Enquanto ela dizia essas palavras, seu pé escorregou e logo em seguida, *splash*! Estava com água salgada até o queixo. Seu primeiro pensamento foi que, de alguma forma, havia caído no mar, "e nesse caso, posso voltar de trem", disse a si mesma. Alice já esteve no litoral uma vez na vida e chegou à conclusão geral de que, onde quer que se vá na costa inglesa, encontrará várias máquinas de banho no mar, algumas crianças cavando na areia com pás de madeira, depois, uma fileira de hospedarias e, atrás delas, uma estação ferroviária. Todavia, ela logo percebeu que estava na lagoa de lágrimas que havia chorado quando tinha quase três metros de altura.

— Gostaria de não ter chorado tanto! — declarou Alice, enquanto nadava tentando encontrar uma saída. — Serei punida por isso agora, suponho, sendo afogada em minhas próprias lágrimas! Isso será uma coisa estranha, com certeza! Porém, tudo está estranho hoje.

Foi então que ouviu algo espadanando água na lagoa um pouco adiante, e nadou mais perto para entender o que era. A princípio, pensou que devia ser uma morsa ou um hipopótamo, mas depois lembrou-se de como agora estava pequena, e percebeu logo que era apenas um rato que escorregou na água como ela.

"Seria útil agora", pensou Alice, "falar com este rato? Tudo está tão errado aqui embaixo, que acho que é provável que possa falar. De qualquer forma, não há mal em tentar." Então ela começou:

— Ó, Rato, sabe como se faz para sair desta lagoa? Estou muito cansada de nadar por aqui, ó, Rato!

Alice pensou que esta deveria ser a maneira correta de falar com um rato. Ela nunca havia feito isso antes, mas lembrava-se de ter visto na Gramática Latina de seu irmão: "Um rato – de um rato – para um rato – em um rato – ó rato!". O Rato olhou-a de maneira bastante inquisitiva e pareceu piscar com um de seus olhinhos, mas não disse nada.

"Talvez não entenda minha língua", pensou Alice, "atrevo-me a dizer que é um rato francês, vindo com Guilherme, o Conquistador". Pois, com todo o seu conhecimento de História, Alice não tinha uma noção muito clara de há quanto tempo qualquer coisa havia acontecido. Então ela começou novamente:

— *Où est ma chatte*[1]? — Que foi a primeira frase do livro das aulas de francês. O Rato deu um pulo repentino na água e parecia tremer de medo. — Oh, desculpe-me! Quase me esqueci de que você não gosta de gatos. — Alice exclamou apressadamente, com medo de ter ferido os sentimentos do pobre animal.

— Não gostar de gatos?! — o Rato bradou com uma voz estridente e exaltada. *Você* gostaria de gatos, se fosse eu?

— Bem, talvez não — Alice replicou em um tom tranquilizador. — Não fique com raiva disso. Mesmo assim, gostaria de poder lhe mostrar a nossa gata Dinah. Acho que você simpatizaria com gatos se ao menos

---

[1] Expressão em frânces que significa "Onde está minha gata?". (N. do E.)

a visse. Ela é uma coisinha tão querida e tranquila — continuou Alice, mais para si mesma, enquanto nadava preguiçosamente pela lagoa —, e ela se senta ronronando tão agradavelmente perto da lareira, lambendo as patas e limpando o rosto. Ela é um bichinho muito macio de se embalar nos braços. E é incrível para capturar ratos. Oh, peço perdão! — Alice exclamou de novo, pois desta vez o Rato estava todo eriçado, e ela tinha certeza de que devia estar realmente ofendido. — Não falaremos mais sobre ela, se você preferir.

— Não mesmo! — chiou o Rato, que tremia até a ponta de sua cauda. — Como se eu falasse de um assunto desse! Nossa família sempre odiou gatos: coisas desagradáveis, baixas e vulgares! Não me deixe ouvir esse nome novamente!

— Pode estar certo de que não farei isso! — respondeu Alice, com grande pressa para mudar o assunto da conversa. — Você tem... você tem afeição... por... por cachorros? — O Rato não respondeu, então Alice continuou animada. — Há um cachorrinho tão legal perto de nossa casa que eu gostaria de mostrar a você! Um pequeno *terrier* de olhos brilhantes, você sabe, com pelos castanhos tão longos e encaracolados! E vai buscar coisas quando você as joga, e se senta implorando pelo jantar, e todo tipo de coisa (não me lembro da metade delas), e pertence a um fazendeiro, você sabe, que diz que é tão útil que vale cem libras! Ele diz que mata todos os ratos e... oh, Deus! — Alice bradou em um tom lamentável. — Receio ter lhe ofendido novamente! — Pois o Rato estava nadando para longe dela o mais rápido que podia, e fazendo grande rebuliço na lagoa.

Então, ela o chamou suavemente:

— Rato, querido! Volte e não falaremos sobre cães ou gatos, se não gostar deles!

Quando o Rato ouviu isso, virou-se e nadou lentamente de volta para ela: seu rosto estava muito pálido (de emoção, Alice pensou), e disse em voz baixa e trêmula:

— Vamos para a margem, e depois vou lhe contar minha história. Assim, você entenderá por que odeio cães e gatos.

Já era hora de partir, pois a lagoa estava ficando cheia de pássaros e animais que tinham caído nela: havia um pato, um dodô, uma arara e uma águia, além de várias outras criaturas curiosas. Alice liderou o caminho e todo o grupo nadou até a margem.

Uma corrida de associados e um longo conto

Parecia mesmo um grupo estrambótico o que se reuniu na margem: os pássaros com penas arrastadas, os animais com o pelo grudado no corpo e todos pingando, ensopados e desconfortáveis.

A primeira pergunta, claro, era como se secar novamente. Confabularam sobre isso e, depois de alguns minutos, pareceu bastante natural para Alice encontrar-se conversando intimamente com eles, como se os conhecesse a vida inteira. Na verdade, ela teve uma longa discussão com a Arara, que acabou emburrada e só dizia: "Eu sou mais velha do que você, então, sei melhor", e isso Alice não permitiria, sem saber quantos anos ela tinha. Como a Arara se recusava categoricamente a contar sua idade, não havia mais o que dizer.

Por fim, o Rato, que parecia ser uma pessoa com alguma autoridade entre eles, gritou:

— Sentem-se, todos vocês, e escutem-me! Logo farei com que fiquem secos! — Todos se sentaram ao mesmo tempo, em um grande círculo, com o Rato no meio. Alice manteve os olhos ansiosamente fixos nele, pois tinha certeza de que pegaria um resfriado forte se não se secasse logo.

— Ham! — fez o Rato com um ar importante. — Vocês estão prontos? Esta é a coisa mais seca que conheço. Silêncio por toda parte, por favor!

"Guilherme, o Conquistador, cuja causa foi apoiada pelo papa, foi logo rendido pelos ingleses que desejavam líderes e que ultimamente estavam muito acostumados à usurpação e conquista. Edwin e Morcar, os condes da Mércia e da Nortúmbria..."

— Ugh! — a Arara exclamou, estremecendo.

— Desculpe-me? — questionou o Rato franzindo a testa, mas com muita polidez. — Você falou algo?

— Eu não! — a Arara respondeu rapidamente.

— Pensei que sim — o Rato retrucou. — Continuando: "Edwin e Morcar, condes da Mércia e da Nortúmbria, declararam apoio a ele, e até Stigand, o arcebispo patriótico de Canterbury, achou isso aconselhável..."

— Achou *o quê*? — o Pato perguntou.

— Achou *isso* — o Rato respondeu irritado. — É claro que você sabe o que significa.

— Sei o que significa quando eu acho alguma coisa — o Pato replicou. — Geralmente é um sapo ou uma minhoca. A questão é: o que o arcebispo achou?

O Rato não tomou conhecimento dessa pergunta, mas continuou apressadamente:

— "Achou aconselhável ir com Edgar Atheling para encontrar Guilherme e oferecer-lhe a coroa. No início, a conduta de Guilherme foi moderada, mas a insolência dos seus normandos..." Como você está se sentindo agora, minha querida? — continuou, virando-se para Alice enquanto falava.

— Mais molhada do que nunca — Alice disse em um tom melancólico. — Não pareceu me secar de maneira nenhuma.

— Nesse caso — o Dodô levantou-se e falou solenemente —, proponho que a reunião seja adiada para a adoção imediata de medidas mais drásticas...

— Fale a minha língua! — a Águia esgoelou. — Não sei o significado de metade dessas longas palavras e, além do mais, também não acredito que você saiba! — E a Águia abaixou a cabeça para esconder um sorriso; alguns dos outros pássaros riram audivelmente.

— O que eu ia dizer — respondeu o Dodô em um tom ofendido — era que a melhor coisa para nos secar seria uma corrida de associados.

— O que é uma corrida de associados? — Alice perguntou, não que desejasse muito saber, mas o Dodô parou como se pensasse que *alguém* deveria falar, e ninguém mais parecia inclinado a dizer nada.

— Ora — o Dodô retorquiu —, a melhor maneira de explicar isso é fazendo.

(E como você pode tentar fazer isso sozinho, em um dia de inverno, vou lhe contar como o Dodô a organizou).

Primeiro, ele delimitou uma pista de corrida em uma espécie de círculo ("a forma exata não importa", ele explicou) e, em seguida, todos os participantes foram organizados ao longo da pista, aqui e ali. Não houve "Um, dois, três e já!": começaram a correr quando bem entenderam e pararam também quando bem entenderam, de modo que não foi fácil saber quando a corrida havia terminado. Contudo, quando estavam correndo já havia meia hora, mais ou menos, e bastante secos novamente, o Dodô de supetão gritou:

— A corrida acabou!

E todos se amontoaram em sua volta, ofegando e perguntando:

— Mas quem ganhou?

Essa questão o Dodô não pôde responder sem muita reflexão, e ficou por um longo tempo com um dedo pressionado na testa (a posição em que você costuma ver Shakespeare em suas fotos), enquanto o resto esperava em silêncio. Por fim, o Dodô declarou:

— *Todo mundo* ganhou e todos devem ter prêmios.

— Mas quem dará os prêmios? — Um coro de vozes perguntou.

— *Ora*, ela, é claro — o Dodô respondeu, apontando para Alice com um dedo.

O grupo todo na mesma hora amontoou-se ao redor dela, gritando de maneira confusa:

— Prêmios! Prêmios!

Alice não tinha ideia do que fazer e, em desespero, colocou a mão no bolso e pegou uma caixa de confeitos (felizmente, a água salgada não havia entrado nela) e os distribuiu como prêmios. Havia exatamente uma porção para cada um.

— Mas ela também deve receber um prêmio, você sabe — afirmou o Rato.

— É claro — o Dodô replicou categoricamente. — O que mais você tem em seu bolso? — ele prosseguiu virando-se para Alice.

— Apenas um dedal — ela respondeu com tristeza.

— Entregue aqui — pediu o Dodô.

Então todos se juntaram em sua volta, enquanto o Dodô solenemente lhe presenteou o dedal, dizendo:

— Pedimos que aceite este dedal elegante — e quando terminou esse breve discurso, todos aplaudiram.

Alice achou a coisa toda muito absurda, mas todos pareciam tão sérios que ela não se atreveu a rir, e como não conseguia pensar em nada para dizer, ela simplesmente fez uma reverência e pegou o dedal, parecendo o mais solene possível.

A próxima coisa foi comer os confeitos. Isso causou algum barulho e confusão, pois os pássaros grandes reclamaram que não podiam provar os deles, e os pequenos engasgaram e tiveram que receber tapinhas nas costas. Todavia, finalmente acabou, eles se sentaram outra vez em um círculo, e imploraram para o Rato que lhes contasse algo mais.

— Você prometeu me contar sua história — Alice o lembrou —, e por que você odeia C e G — acrescentou em um sussurro, com um pouco de medo de que ele ficasse ofendido novamente.

— Toda a história, de cabo a rabo? Isso é comprido e triste — disse o Rato, virando-se para Alice e suspirando.

— Certamente é um rabo comprido — Alice falou, olhando maravilhada para a cauda do Rato. — Mas por que você chama isso de triste? — E ela prosseguiu intrigada enquanto o Rato estava falando, pois o que entendia da história era algo como isto:

"Rato!", disse Fúria,
　"Não me venha com lamúria:
　　Vamos já ao tribunal!
　　　Você vai a julgamento
　　　　agora, sem mais
　　　　　nenhuma demora.
　　　　　Também não
　　　　aceito recusa,
　　　pois sou *eu*
　　quem o acusa."
　"Nada tenho
a temer!
Mas o que
você me diz
　dessa corte
　infeliz,
　　que não
　　tem júri
　　　ou juiz?"
　　　　"Serei eu
　　　　juiz e júri",
　　　disse Fúria,
　　o matreiro:
　"Vou julgar
o caso inteiro
e traçar,
　tintim
　por
　tintim,
o seu
triste
fim."

— Você não está prestando atenção! — o Rato disse severamente a Alice. — O que você está pensando?

— Peço que me perdoe — Alice retorquiu muito humildemente. — Acredito que nós chegamos à quinta volta, não é?

— *Nós*, não! — o Rato exclamou bruscamente e com muita raiva.

— Nós! — Alice falou, sempre pronta para tornar-se útil e olhando ansiosamente. — Oh! Deixe-me ajudar a desatar esses nós!

— Não falei nada disso — o Rato retrucou, levantando-se e indo embora. — Você me insulta falando tanto disparate!

— Eu não quis dizer isso! — alegou a pobre Alice. — Mas, sabe, você fica ofendido tão facilmente!

O Rato apenas rosnou em resposta.

— Por favor, volte e termine sua história! — Alice clamou, e os outros se juntaram a ela em coro: — Sim, por favor! — Mas o Rato apenas balançou a cabeça impaciente, e andou um pouco mais rápido.

— Que pena ele não ficar! — a Arara suspirou assim que o Rato desapareceu de vista.

Uma velha Carangueja aproveitou a oportunidade para dizer à filha:

— Ah, minha querida! Que seja uma lição para você: nunca perca *sua* paciência!

— Segure sua língua, mamãe! — a jovem Carangueja respondeu, um pouco irritada. — Você é suficiente para testar a paciência até de uma ostra!

— Quem me dera que a nossa Dinah estivesse aqui, quem me dera! — disse Alice em voz alta, não se dirigindo a ninguém em particular. — *Ela* logo o buscaria de volta!

— Se me permite a ousadia da pergunta, quem é Dinah? — questionou a Arara.

Alice respondeu com empolgação, pois estava sempre pronta para falar sobre seu animal de estimação:

— Dinah é a nossa gata. Ela é tão incrível para pegar os ratos que você não consegue imaginar! E ah, eu gostaria que pudesse vê-la atrás dos pássaros! Ora, ela come um passarinho assim que olha para ele!

Esta fala causou uma sensação notável entre os participantes. Alguns dos pássaros saíram apressadamente; uma velha Pomba começou a se agasalhar com muito cuidado, comentando: "Eu realmente devo voltar para casa, o ar noturno não faz bem para minha garganta!". Um Canário gritou com voz trêmula para seus filhos: "Venham, meus queridos! Já passou da hora de estarem na cama!". Com vários pretextos, todos se afastaram e Alice foi deixada sozinha.

"Eu não deveria ter mencionado Dinah!", ela disse para si mesma em um tom melancólico. "Aqui embaixo ninguém parece gostar dela, e tenho certeza de que ela é a melhor gata do mundo! Oh, minha querida Dinah! Eu me pergunto se algum dia a verei de novo!" E aqui a pobre Alice começou a chorar novamente, pois se sentia muito sozinha e desanimada. Em pouco tempo, no entanto, ela ouviu alguns passos à distância e olhou para cima, ansiosa, esperando que o Rato tivesse mudado de ideia e voltado para terminar sua história.

CAPÍTULO IV

O Coelho envia o pequeno Bill

Era o Coelho Branco, voltando de forma lenta e olhando ansiosamente como se tivesse perdido algo. Ela o ouviu murmurando para si mesmo: "A Duquesa! A Duquesa! Oh, minhas queridas patas! Oh, meu pelo e bigodes! Ela irá me executar, tão certo quanto os furões são furões! Onde posso tê-los derrubado, eu me pergunto!" Alice rapidamente advinhou que ele procurava o leque e o par de luvas brancas de criança, e, muito amavelmente, começou também a buscá-los aqui e ali, mas não conseguiu avistá-los em lugar algum... tudo parecia ter mudado desde seu nado na lagoa, e o grande salão, com a mesa de vidro e a portinha, desaparecera por completo.

Logo o Coelho notou Alice, enquanto ela procurava ao redor, e a chamou em um tom zangado:

— Ora essa, Mary Ann, o que você está fazendo aqui? Corra agora para casa e me traga um par de luvas e um leque! Rápido, já!

E Alice ficou tão assustada que fugiu imediatamente na direção em que ele apontava, sem tentar explicar o erro que havia ocorrido.

"Ele achou que eu fosse sua criada", disse para si mesma enquanto corria. "Quão surpreso ele ficará quando descobrir quem sou! Mas é melhor levar-lhe o leque e as luvas, isto é, se eu puder encontrá-los".

Enquanto dizia isso, encontrou uma casinha arrumada, a qual possuía uma placa de latão brilhante com o nome "C. BRANCO" gravado na porta. Ela entrou sem bater e subiu as escadas rapidamente, com muito medo de encontrar a verdadeira Mary Ann e ser expulsa antes de encontrar o leque e as luvas.

"Que estranho", disse Alice para si mesma, "estar fazendo tarefas para um coelho! Suponho que logo, logo a Dinah vai me enviar ordens também!". E ela começou a imaginar o tipo de coisa que aconteceria: "Senhorita Alice! Venha aqui imediatamente e prepare-se para a sua caminhada!" "Estou indo num segundo, ama! Mas tenho de ficar tomando conta para o camundongo não sair." "Só que não acho", Alice continuou, "que eles deixariam a Dinah ficar lá em casa se ela começasse a dar ordens às pessoas desse jeito!"

A essa altura, ela havia entrado em um pequeno quarto arrumado com uma mesa na janela, e sobre ela (como esperava) um leque e dois ou três pares de pequenas luvinhas brancas. Ela pegou o leque e um par das luvas, e estava saindo do quarto quando seus olhos perceberam uma pequena garrafa que estava perto do espelho. Desta vez, não havia etiqueta com as palavras "BEBA-ME", mas mesmo assim ela a abriu e colocou nos lábios. "Sempre que como ou bebo qualquer coisa", ela disse consigo mesma, "sei que algo interessante é certo de acontecer; então vou ver o que essa garrafa faz. Espero que isso me faça crescer de novo, pois realmente estou cansada de ser uma coisinha tão pequenininha!"

Foi o que aconteceu, e muito antes do que esperava: antes de beber metade da garrafa, ela sentiu a cabeça pressionada contra o teto e teve que se curvar para evitar que seu pescoço fosse quebrado. Ela largou a garrafa apressadamente, dizendo para si mesma: "Isso é o suficiente. Espero não crescer mais, porque desse jeito não posso sair pela porta. Gostaria de não ter bebido tanto!"

Ai! Era tarde demais para lamentar! Ela continuou crescendo e crescendo, e logo teve de se ajoelhar no chão: em outro minuto não havia espaço nem para isso, e tentou o efeito de deitar-se com um cotovelo contra a porta e o outro braço enrolado sobre a cabeça. Ainda assim, continuou crescendo e, como último recurso, colocou um braço pela janela e um pé pela chaminé e falou para si mesma: "Agora não posso fazer mais nada, aconteça o que acontecer. O que *será* de mim?"

Felizmente para Alice, a garrafinha mágica atingira o efeito total, e ela não cresceu mais. Ainda assim, era muito desconfortável e, como parecia não haver chance de sair do quarto novamente, não admira que ela se sentisse infeliz.

"Era muito mais agradável em casa", pensou a pobre Alice, "quando não se estava sempre ficando grande ou pequena, e recebendo ordens de ratos e coelhos. Chego quase a desejar não ter descido por aquela toca de coelho... no entanto... no entanto... é bastante interessante este tipo de vida! Realmente me pergunto o que pode ter acontecido comigo! Quando lia contos de fadas, imaginava que aquelas coisas nunca aconteciam, e agora cá estou eu, no meio de um! Deveria haver um livro escrito sobre mim, ah isso deveria! E quando eu for grande, vou escrever um... mas sou grande agora", acrescentou num tom pesaroso. "Pelo menos aqui não há mais espaço para crescer mais."

"Mas então", pensou Alice, "nunca mais envelhecerei mais do que sou agora? Será um conforto, de certa maneira... nunca ser uma mulher velha... Mas então, sempre ter lições a aprender! Ah, eu não iria gostar disso!"

"Oh, Alice, sua tola!", ela respondeu a si mesma. "Como você pode aprender lições aqui? Ora, mal há espaço para *você*, muito menos para os livros!"

E assim ela continuou, tomando primeiro um lado e depois o outro, e conversando bastante sobre tudo isso. Mas, depois de alguns minutos, ouviu uma voz lá fora e parou para escutar.

— Mary Ann! Mary Ann! — A voz gritou. — Traga-me minhas luvas agora! — Então ouviu o som de passinhos nas escadas. Alice sabia que era o Coelho vindo procurá-la, e tremeu até sacudir a casa, esquecendo de que agora era cerca de mil vezes maior do que o Coelho, e não tinha motivo para temê-lo.

Logo, o Coelho aproximou-se da porta e tentou abri-la, mas como se abria pelo lado de dentro, e o cotovelo de Alice estava pressionado com força contra ela, essa tentativa foi um fracasso. Alice o ouviu dizendo para si mesmo: "Então vou dar a volta e entrar pela janela".

"Não vai, não!", Alice pensou, e depois de esperar até conseguir ouvir o Coelho logo abaixo da janela, ela subitamente estendeu a mão e fez um movimento no ar. Ela não apanhou nada, mas ouviu um pequeno guincho, uma queda e um estrondo de vidro quebrando, pelo qual concluiu que era possível que ele tivesse caído em uma estufa de pepinos ou algo do tipo.

Em seguida, veio a voz irada do Coelho:

— Pat! Pat! Onde você está?

E depois, uma voz que ela nunca tinha ouvido antes:

— Com certeza estou aqui! Catando maçãs, vossa excelênça!

— Catando maçãs, pois sim! — retrucou o Coelho, irritado. — Aqui! Venha me ajudar a sair disso!

Sons de mais cacos de vidro.

— Agora diga-me, Pat, o que é aquilo na janela?

— Com certeza é um braço, voss' excelênça! — (Ele pronunciou "brass").

— Que braço, seu pateta! Quem já viu braço daquele tamanho? Como! Ocupa a janela inteira!

— Claro que ocupa, voss' excelênça, mas não deixa de ser um braço.

— Bem, de qualquer maneira, ele não tem nada que ver fazer ali. Vá e suma com ele!

Em seguida fez-se um longo silêncio, e Alice pôde ouvir apenas uns cochichos vez por outra, como: "Com certeza não gosto disso, voss' excelênça, nada, nada!", "Faça o que estou mandando, seu covarde", e por fim ela abriu a mão de novo, fazendo outro gesto de agarrar algo no ar. Desta vez houve dois guinchos, e mais sons de vidro quebrando. "Quantas estufas de pepino!" pensou Alice. "O que será que vão fazer agora? Quanto a me puxar pela janela, eu bem queria que pudessem! Tenho certeza de que não quero ficar aqui nem mais um minuto."

Ela esperou por algum tempo sem ouvir mais nada. Finalmente, ouviu um ressoar de rodas de carrinhos de mão, e o som de muitas vozes conversando. Ela ouviu as palavras:

— Onde está a outra escada?

— Ora, eu só tinha que trazer uma! Bill está com a outra.

— Bill! Traga-me isso, rapaz! Aqui, coloque-os neste canto. Não, amarre-as primeiro. Elas ainda não chegarão à altura suficiente.

— Oh! Elas ficarão altas o suficiente, não seja meticuloso demais.

— Aqui, Bill! Segure esta corda!

— O telhado suportará?

— Preste atenção naquela telha solta.

— Oh, está caindo! Cuidado com a cabeça!

Um estrondo.

— Agora, quem fez isso?

— Imagino que foi o Bill.

— Quem deve descer pela chaminé?

— Eu é que não vou! Vá *você*!

— Eu que não vou!

— Bill que tem que descer.

— Ei, Bill! O patrão diz que você tem que descer pela chaminé!

"Ah, então o Bill tem que descer pela chaminé, não é?", disse Alice para si mesma. "Ora, eles parecem colocar tudo em cima do Bill! Eu que não gostaria de estar na pele dele por nada. Essa lareira é estreita, com certeza, mas *acho* que posso dar alguns pontapés!"

Ela puxou o pé o mais longe que pôde da chaminé e esperou até ouvir um pequeno animal (não conseguia adivinhar de que tipo era) arranhando e se arrastando na chaminé perto dela. Então, dizendo para si mesma: "Este é o Bill", deu um chute forte e esperou para ver o que aconteceria a seguir.

A primeira coisa que ouviu foi um coro geral:

— Lá vai o Bill!

Depois a voz do Coelho sozinha:

— Vocês, perto da cerca: peguem-no!

Depois silêncio, e então outra confusão de vozes:

— Segure firme a cabeça. Conhaque, agora. Não o façam engasgar. Como foi, companheiro? O que aconteceu com você? Conte-nos tudo!

Por último, veio uma voz fraca e estridente ("Esse é o Bill", pensou Alice):

— Bem, eu nem sei. Chega, obrigado, estou melhor agora. Mas estou muito confuso para lhes contar. O que eu sei é que uma coisa bateu em mim, como um boneco saltando de uma caixa de surpresa, e voei como um foguete!

— Foi mesmo, velho amigo! — os outros disseram.

— Precisamos queimar a casa! — falou a voz do Coelho, e Alice gritou o mais alto que pôde:

— Se fizerem isso, soltarei Dinah atrás de você!

Houve um silêncio mortal instantâneo, e Alice pensou consigo mesma: "Gostaria de saber o que farão a seguir! Se eles tivessem algum bom senso, arrancariam o telhado". Depois de um ou dois minutos, começaram a se movimentar novamente, e Alice ouviu o Coelho dizer:

— Um carrinho de mão cheio servirá, para começar.

"Um carrinho de mão cheio de *quê*?" pensou Alice; mas não teve muito tempo para ponderar, porque no momento seguinte uma chuva de pedrinhas passou pela janela e algumas a atingiram no rosto. "Vou acabar com isso", disse para si mesma, e berrou:

— É melhor não fazerem isso de novo! — O que produziu outro silêncio mortal.

Alice notou, com alguma surpresa, que as pedrinhas estavam se transformando em pequenos bolos enquanto estavam no chão, e uma ideia brilhante surgiu em sua cabeça. "Se eu comer um desses bolos", pensou ela, "certamente haverá mudanças no meu tamanho; e como não posso me tornar maior, suponho que devo me tornar menor."

Assim, devorou um dos bolos e ficou encantada ao descobrir que começou a encolher imediatamente. Assim que ficou pequena o suficiente para passar pela porta, ela saiu correndo da casa e encontrou uma multidão de pequenos animais e pássaros esperando do lado de fora. O pobre pequeno lagarto, Bill, estava no meio, sendo sustentado por dois porquinhos-da-índia, que estavam lhe dando algo de uma garrafa. Todos avançaram até Alice no instante em que esta apareceu, mas ela fugiu o mais rápido que pôde e logo se viu a salvo em uma densa floresta.

"A primeira coisa que tenho que fazer", disse Alice para si mesma enquanto andava pela floresta, "é crescer novamente para o meu tamanho certo; e a segunda coisa é encontrar meu caminho até aquele jardim encantador. Acho que esse será o melhor plano".

Parecia um excelente plano, sem dúvida, muito organizado e arranjado de forma simples. A única dificuldade era que ela não tinha a menor ideia de como começar, e enquanto olhava ansiosamente entre as árvores, um latido agudo logo acima de sua cabeça a fez olhar para cima rapidamente.

Um enorme filhote de cachorro a olhava com grandes olhos redondos e esticava debilmente uma pata, tentando tocá-la.

— Coitadinho! — Alice exclamou em um tom de adulação; tentou assobiar, mas estava terrivelmente amedrontada o tempo todo com a ideia de que ele poderia estar com fome, caso em que seria muito provável que a comesse, apesar de todos os carinhos.

Mal sabendo o que fazia, ela pegou um graveto e estendeu para o filhote; então ele saltou no ar com todas as patas ao mesmo tempo, com um latido de alegria. Ele correu para o graveto e fez de conta que tinha medo dele; então Alice se esquivou atrás de um grande cardo para não ser pisoteada. Assim que apareceu do outro lado, o filhote deu outro pulo para pegar o graveto e tombou de cabeça para baixo, com pressa para agarrá-lo. Então, Alice, achando que aquilo era muito parecido com brincar de cavalinho de madeira, e esperando ser pisoteada a qualquer momento, correu de volta para o cardo. O filhote iniciou uma série de breves investidas para o graveto, correndo cada vez bem pouquinho para a frente e muito para trás, arquejando, a língua pendendo da boca, os olhos enormes semicerrados.

Isso pareceu uma boa oportunidade para Alice escapar, então ela partiu de uma vez e correu até ficar bastante cansada e sem fôlego, e até o latido do filhote parecer bastante fraco à distância.

— Mesmo assim, que filhote fofinho! — Alice declarou encostando-se em um botão-de-ouro para descansar e se abanar com uma das folhas. — Eu teria gostado muito de lhe ensinar truques, se... se eu... Eu só deveria ter o tamanho certo para isso! Oh, céus! Quase me esqueci de que preciso crescer de novo! Deixe-me ver: como *isso* pode ser providenciado? Suponho que devo comer ou beber uma coisa ou outra, mas a grande questão é: o quê?

A grande questão certamente era "o quê?". Alice olhou para as flores e as folhas da grama que a cercavam por todos os lados, mas não podia ver nada que parecesse a coisa certa para se comer ou beber naquelas circunstâncias. Havia um grande cogumelo crescendo perto, mais ou menos da mesma altura que ela, e quando olhou embaixo, nos dois lados e atrás dele, ocorreu-lhe que ela também poderia olhar e ver o que estava acontecendo em cima.

Ela se esticou na ponta dos pés e espiou sobre a borda do cogumelo, e seu olhar imediatamente encontrou o de uma grande lagarta azul, que estava sentada no topo, com os braços cruzados, fumando silenciosamente um comprido narguilé de água, não prestando a menor atenção nela ou em qualquer outra coisa.

Capítulo V

O conselho de uma Lagarta

A lagarta e Alice se entreolharam por algum tempo em silêncio. Finalmente, a Lagarta tirou o narguilé da boca e se dirigiu a ela com uma voz lânguida e sonolenta:

— Quem é *você*? — perguntou a Lagarta.

Esta não foi uma abertura encorajadora para uma conversa. Alice respondeu timidamente:

— Eu... no momento, senhor, eu mal sei... pelo menos sei quem *era* quando me levantei hoje de manhã, mas acho que devo ter mudado várias vezes desde então.

— O que você quer dizer com isso? — a Lagarta questionou severamente. — Explique-se!

— Receio não saber me explicar, senhor — replicou Alice —, porque não sou eu mesma, entenda.

— Não entendo — afirmou a Lagarta.

— Temo não poder explicar com mais clareza — Alice falou educadamente —, pois não consigo entender eu mesma, e ter tantos tamanhos diferentes em um só dia é muito confuso.

— Não é — retorquiu a Lagarta.

— Bem, talvez você não tenha percebido — Alice declarou —, mas quando tiver que se transformar em uma crisálida – um dia você irá, sabe – e depois disso em uma borboleta, acho que se sentirá um pouco estranha, não é?

— Nem um pouco — respondeu a Lagarta.

— Bem, talvez seus sentimentos sejam diferentes — Alice disse —, tudo o que sei é que seria muito estranha para *mim*.

— Você! — a Lagarta exclamou com desdém. — Quem é *você*?

O que os trouxe de volta ao início da conversa. Alice se sentiu um pouco irritada com as observações muito curtas da Lagarta, levantou-se e disse, muito seriamente:

— Acho que primeiro deve me dizer quem é *você*.

— Por quê? — indagou a Lagarta.

Aqui estava outra pergunta intrigante; e, como Alice não conseguia pensar em nenhuma razão, e como a Lagarta parecia estar em um estado de espírito *muito* desagradável, ela afastou-se.

— Volte! — A Lagarta chamou por ela. — Tenho algo importante a dizer!

Isso certamente parecia promissor. Alice se virou e voltou.

— Mantenha a calma — pediu a Lagarta.

— Isso é tudo? — perguntou Alice, engolindo sua raiva o melhor que pôde.

— Não — respondeu a Lagarta.

Alice pensou que poderia muito bem esperar, pois não tinha mais nada para fazer, e afinal, talvez ele dissesse algo que valesse a pena ouvir. Por alguns minutos, ele soltou umas baforadas sem falar, mas por fim, descruzou os braços, tirou o narguilé da boca novamente e disse:

— Então você acha que mudou, não é?

— Receio que sim, senhor — Alice respondeu. — Não me lembro das coisas como antes... e não mantenho o mesmo tamanho por dez minutos seguidos!

— Não se lembra de quais coisas? — questionou a Lagarta.

— Bem, eu tentei recitar "Como a abelhinha é ocupada", mas tudo saiu diferente! — Alice falou com uma voz muito melancólica.

— Repita: "Você está velho, pai William" — pediu a Lagarta.

Alice cruzou as mãos e começou:
"Está velho, Pai William",
Disse o moço admirado.
"Como é que ainda faz
Cabriola em seu estado?"

"Fosse eu moço, meu filho,
Podia os miolos afrouxar;
Mas agora já estão moles,
Para que me preocupar?"

"Está velho", disse o moço,
"E gordo como uma pipa;
Mas o vi numa cambalhota...
Não teme dar nó na tripa?"

"Quando moço", disse o sábio,
"Fui sempre muito ágil, pois usava esta pomada:
É só um xelim a caixa
Não quer dar uma experimentada?"

"Está velho", disse o moço,
"Seus dois dentes já estão bambos,
Mas gosta de chupar cana,
Como então não caem ambos?"

"Quando moço", disse o pai,
"Sempre evitei mastigar.
Foi assim que estes dois dentes
Consegui economizar."

"Está velho", disse o moço,
"Já não enxerga de dia,
Como então ainda equilibra
No seu nariz uma enguia?"

"Já respondi a três perguntas,
Parece mais que o bastante;
Suma já ou eu lhe mostro
Quem aqui é o importante."

— Isso não foi dito da forma correta — afirmou a Lagarta.

— Não está tão certo, receio — Alice disse timidamente. — Algumas palavras foram alteradas.

— Está errado do começo ao fim — retorquiu decididamente a Lagarta, e houve silêncio por alguns minutos. A Lagarta foi a primeira a falar:

— Você quer ser de qual tamanho? — perguntou.

— Oh, eu não sou específica quanto ao tamanho — Alice se apressou a responder. — Só que uma pessoa não gosta de mudar com tanta frequência, você sabe.

— Eu *não* sei — replicou a Lagarta.

Alice não disse nada: nunca havia sido tão contestada em sua vida antes, e sentiu que estava perdendo a paciência.

— Você está satisfeita *agora*? — questionou a Lagarta.

— Bem, eu gostaria de ser um pouco maior, senhor, se você não se importa. Sete centímetros é uma altura tão miserável de se ter! — declarou Alice.

— É realmente uma altura muito boa! — exclamou furiosa a Lagarta, erguendo-se na vertical enquanto falava. (Tinha exatamente sete centímetros de altura).

— Mas não estou acostumada! — declarou a pobre Alice em um tom de lamentação. E ela pensou consigo mesma: "Gostaria que as criaturas não ficassem ofendidas tão facilmente!"

— Com o tempo você se acostumará — afirmou a Lagarta colocando o narguilé na boca e começando a fumar de novo.

Dessa vez, Alice esperou pacientemente até resolver falar de novo. Em um ou dois minutos, a Lagarta tirou o narguilé da boca, bocejou uma ou duas vezes e se sacudiu. Então desceu do cogumelo e foi rastejando pela grama, apenas observando: "Um lado fará você crescer, o outro a fará diminuir".

"Um lado *do quê*? O outro lado *do quê*?", Alice pensou.

— Do cogumelo — disse a Lagarta, como se ela tivesse perguntado em voz alta; e no instante seguinte estava fora de vista.

Alice ficou olhando o cogumelo pensativamente por um minuto, tentando descobrir quais eram os dois lados dele, e como era perfeitamente redondo, pareceu-lhe uma pergunta muito difícil. No entanto, por fim, ela esticou os braços ao redor, tanto quanto conseguiam ir, e quebrou um pouco da borda com cada mão.

— E agora, qual é qual? — perguntou ela, mordiscando um pouco o da mão direita para experimentar o efeito. No momento seguinte, sentiu um violento golpe embaixo do queixo: ela atingira o pé!

Ela ficou bastante assustada com essa mudança repentina, mas sentiu que não havia tempo a perder, pois estava encolhendo rapidamente. Então logo começou a comer um pouco da outra parte. O queixo dela estava tão pressionado contra o pé que mal havia espaço para abrir a boca; mas ela finalmente fez isso e conseguiu engolir um pedaço da parte esquerda.

— Viva! Minha cabeça enfim está livre! — Alice gritou com tom de alegria, o qual se transformou em um tom de susto em um instante, quando descobriu que seus ombros não estavam em lugar nenhum. Tudo o que podia ver quando olhava para baixo, era o imenso comprimento do pescoço, que parecia erguer-se como um caule de um mar de folhas verdes que estavam bem abaixo dela.

— O que podem ser todas essas coisas verdes? — Alice perguntou. — E para onde meus ombros foram? E, oh, minhas pobres mãos, como é que não posso vê-las? — Ela as movia enquanto falava, mas não gerava qualquer resultado, exceto uma pequena sacudida entre as folhas verdes distantes.

Como parecia não haver chance de colocar as mãos na cabeça, ela tentou encostar a cabeça nelas e ficou encantada ao descobrir que seu pescoço se dobrava facilmente em qualquer direção, como uma serpente. Ela acabara de dobrá-lo com sucesso em um gracioso zigue-zague e ia mergulhar entre as folhas, que descobriu serem as copas das árvores sob as quais andava vagando, quando um assobio agudo a fez recuar às pressas: uma grande pomba voara em seu rosto e lhe batia violentamente com as asas.

— Serpente! — gritou a Pomba.

— *Não* sou uma serpente! — exclamou Alice indignada. — Deixe-me em paz!

— Serpente, eu insisto! — repetiu a Pomba, mas em um tom mais moderado, e acrescentou com um tipo de soluço. — Eu tentei de todas as maneiras, e nada parece lhes agradar!

— Não tenho a menor ideia do que você está falando — afirmou Alice.

— Tentei as raízes das árvores, as margens e as sebes — a Pomba prosseguiu, sem prestar atenção nela —, mas aquelas serpentes! Não há como agradá-las!

Alice ficou cada vez mais intrigada, mas achou que não havia sentido em dizer mais nada até a Pomba terminar.

— Como se não fosse preocupante o suficiente ficar chocando os ovos — declarou a Pomba —, também devo ficar atenta às serpentes noite e dia! Ora, faz três semanas que não pisco os olhos para dormir!

— Sinto muito por você ter se aborrecido — Alice falou, começando a entender o que queria dizer.

— Desse modo, escolhi a árvore mais alta da floresta — a Pomba prosseguiu, erguendo a voz a um guincho agudo —, e justamente quando pensava que finalmente deveria me livrar delas, elas tiveram que vir se contorcendo do céu! Urgh! Serpente!

— Mas eu não sou uma serpente, estou lhe dizendo! — Alice replicou. — Eu sou uma... sou uma...

— Então! *O que* você é? — a Pomba perguntou. — Percebo que está tentando inventar alguma coisa!

— Eu... eu sou uma garotinha — Alice respondeu duvidosa ao se lembrar do número de mudanças pelas quais passou naquele dia.

— É uma história plausível, de fato! — a Pomba falou em um tom de profundo desprezo. — Já vi muitas garotinhas no meu tempo, mas nunca uma com um pescoço como esse! Não, não! Você é uma serpente e não adianta negar. Suponho que vai me dizer que nunca provou um ovo!

— Certamente já *provei* ovos — Alice respondeu, porque era uma criança muito sincera —, mas as garotinhas comem ovos tanto quanto as serpentes, você sabe.

— Não acredito — a Pomba declarou —, mas se o fazem, ora, então são uma espécie de serpente, é só o que posso dizer.

Essa foi uma ideia tão nova para Alice, que ela ficou em silêncio por um minuto ou dois, o que deu à Pomba a oportunidade de acrescentar:

— Você está procurando ovos, sei bem disso. E o que importa para mim se você é uma garotinha ou uma serpente?

— Importa muito para *mim* — Alice retrucou rapidamente —, mas, na verdade, não estou procurando por ovos, e se estivesse, não iria querer o seu: não gosto deles crus.

— Bem, então vá embora! — a Pomba exclamou em tom aborrecido quando se instalou novamente em seu ninho. Alice agachou-se entre as árvores o melhor que pôde, pois seu pescoço ficava preso entre os galhos, e de vez em quando ela tinha que parar e se desenroscar. Depois de um tempo, lembrou-se de que ainda mantinha os pedaços de cogumelos nas mãos e pôs-se ao trabalho com muito cuidado, mordiscando primeiro um e depois o outro, ficando às vezes mais alta e às vezes mais baixa, até conseguir atingir sua altura habitual.

Fazia tanto tempo que nem se aproximava do tamanho certo, que no começo parecia estranho, mas ela se acostumou em alguns minutos e começou a conversar consigo mesma, como sempre: "Certo, metade do meu plano está realizado! Quão intrigantes são todas essas mudanças! Nunca tenho certeza do que serei de um minuto para o outro! Seja como for, voltei ao meu tamanho certo. A próxima coisa é entrar naquele belo jardim... Eu me pergunto como que isso deve ser feito". Enquanto dizia isso, de repente se deparou com um lugar aberto, com uma casinha com cerca de um metro e meio de altura. "Seja lá quem more aqui", pensou Alice, "não convém me aproximar deles com este tamanho; que susto iriam levar!" Assim, começou a mordiscar do pedacinho da mão direita de novo e não se aventurou a chegar perto da casa antes de conseguir se reduzir a vinte e dois centímetros de altura.

Porco e Pimenta

Por um minuto ou dois, ela ficou olhando a casa se perguntando o que fazer a seguir, quando de repente um lacaio de uniforme saiu correndo da floresta – ela o considerava um lacaio porque ele estava de farda: caso contrário, a julgar apenas pelo rosto dele, ela o chamaria de peixe – e bateu alto na porta com as juntas dos dedos. A porta foi aberta por outro lacaio de uniforme, com um rosto redondo e olhos grandes como de um sapo. Alice notou que os dois lacaios tinham cabelos com talco que cresciam por toda a cabeça. Ela ficou muito curiosa para saber do que se tratava e saiu um pouco da floresta para ouvir.

O Lacaio-Peixe começou puxando de debaixo do braço uma grande carta, quase tão grande quanto si mesmo, e entregou-a ao outro, dizendo em um tom solene:

— Para a Duquesa. Um convite da Rainha para jogar croqué.

O Lacaio-Sapo repetiu, no mesmo tom solene, apenas mudando um pouco a ordem das palavras:

— Da Rainha. Um convite para a Duquesa jogar croqué.

Então os dois se curvaram e seus cachos se enroscaram.

Alice riu tanto que teve de correr de volta para a floresta por medo de que a escutassem. Quando ela espiou de novo, o Lacaio-Peixe se fora, e o outro estava sentado no chão perto da porta, olhando estupidamente para o céu.

Alice foi até a porta e bateu timidamente.

— Não adianta bater — o Lacaio falou —, e isso por duas razões. Primeiro, porque estou do mesmo lado da porta que você; segundo, porque estão fazendo tanto barulho do lado de dentro que ninguém conseguiria ouvi-la.

E certamente havia um barulho extraordinário acontecendo lá dentro – berros e espirros constantes, e, de vez em quando, um grande estrondo, como se um prato ou chaleira estivesse se estilhaçando.

— Por favor, então como faço para entrar? — questionou Alice.

— Poderia haver algum sentido em sua batida — continuou o Lacaio, sem prestar atenção nela —, se tivéssemos a porta entre nós. Por exemplo, se você estivesse lá *dentro*, poderia bater, e eu poderia deixar você sair, sabe.

Ele estava olhando para o céu durante todo tempo em que estava falando, e isso Alice achou decididamente descortês. "Mas talvez ele não possa evitar", ela disse para si mesma. "Seus olhos estão quase no topo da cabeça. Mas de qualquer forma, ele poderia responder às perguntas".

— Como consigo entrar? — ela repetiu em voz alta.

— Sentarei aqui — declarou o Lacaio —, até amanhã...

Nesse instante, a porta da casa se abriu e um prato grande voou direto na cabeça do Lacaio: ralou seu nariz e se espatifou contra uma árvore atrás dele.

— ...ou no dia seguinte, talvez — continuou o Lacaio exatamente no mesmo tom, como se nada tivesse acontecido.

— Como faço para entrar? — Alice perguntou novamente em um tom mais alto.

— Você *precisa* entrar? — o Lacaio questionou. — Essa é a primeira pergunta, você sabe. — Era, sem dúvida. Só que Alice não gostava de ser avisada disso. "É realmente terrível", ela murmurou para si mesma, " o jeito que todas as criaturas discutem. É o suficiente para enlouquecer uma pessoa!"

O Lacaio parecia achar que essa era uma boa oportunidade para repetir sua observação, com variações:

— Vou me sentar aqui — disse ele —, de vez em quando, por dias e dias.

— Mas o que devo fazer? — Alice perguntou.

— Qualquer coisa que quiser — o Lacaio afirmou, e começou a assobiar.

— Oh, não adianta conversar com ele — falou Alice desesperada. — Ele é um perfeito idiota! — Abriu a porta e entrou.

A porta dava para uma grande cozinha, cheia de fumaça de uma ponta à outra. A Duquesa estava no meio, sentada em um banquinho de três pernas, cuidando de um bebê; a Cozinheira estava inclinada sobre o fogo, mexendo um caldeirão grande que parecia estar cheio de sopa.

"Certamente há muita pimenta nessa sopa!", Alice disse consigo, tanto quanto podia julgar por seus espirros.

Certamente havia muita coisa no ar. Até a Duquesa espirrava ocasionalmente; e quanto ao bebê, estava espirrando e berrando alternadamente, sem um momento de trégua. As únicas duas criaturas da cozinha que não espirravam eram a Cozinheira e um grande gato sentado na lareira, sorrindo de orelha a orelha.

— Por favor, poderia me dizer — Alice começou, um pouco tímida, pois não tinha muito certeza se era de boa educação falar primeiro —, por que seu gato sorri assim?

— É um gato de Cheshire — respondeu a Duquesa — e é por isso. Porco!

Ela disse a última palavra com tanta violência que Alice deu um pulo; mas viu em seguida que era endereçada ao bebê, e não a ela, então tomou coragem e continuou:

— Eu não sabia que os gatos de Cheshire sempre sorriam. Na verdade, não sabia que *podiam* sorrir.

— Todos podem — a Duquesa afirmou —, e a maioria deles o fazem.

— Eu não conheço nenhum que faz — Alice disse educadamente, sentindo-se muito satisfeita por ter iniciado uma conversa.

— Você não conhece muito — retrucou a Duquesa — e isso é um fato.

Alice não gostou do tom desse comentário, e achou que seria melhor introduzir outro assunto na conversa. Enquanto tentava arranjar um, a Cozinheira tirou o caldeirão de sopa do fogo e se pôs imediatamente a atirar tudo em seu alcance na Duquesa e no bebê; os atiçadores de fogo foram os primeiros; depois seguiu uma chuva de panelas e louças. A Duquesa nem prestou atenção neles quando a atingiram, e o bebê já estava berrando tanto que era impossível dizer se os golpes o machucavam ou não.

— Oh, *por favor*, preste atenção no que está fazendo! — Alice gritou, pulando para cima e para baixo em terror agonizante. — Ah, aí se vai o precioso nariz dele! — enquanto uma panela incomumente grande voou bem próximo ao bebê e quase arrancou seu nariz fora.

— Se todo mundo cuidasse da própria vida — a Duquesa falou em um resmungo áspero —, o mundo giraria muito mais rápido.

— O que *não* seria vantagem — Alice declarou, sentindo-se muito feliz por ter a oportunidade de mostrar um pouco de seu conhecimento. — Apenas pense em quanto trabalho faria com o dia e a noite! Perceba, a Terra leva 24 horas para dar só uma voltinha...

— Falando em machadinha — disse a Duquesa —, corte-lhe a cabeça!

Alice olhou ansiosamente para a Cozinheira para ver se ela pretendia seguir a ordem, mas ela estava ocupada mexendo a sopa e parecia não estar ouvindo. Então, continuou:

— Vinte e quatro horas, eu acho. Ou são doze? Eu...

— Oh, não me incomode — interrompeu a Duquesa. — Nunca pude tolerar os números. — E com isso, ela começou a cuidar de seu filho novamente, enquanto cantava uma espécie de cantiga de ninar, dando-lhe fortes sacudidas ao fim de cada verso:

"Fale firme com seu bebezinho,
E bata-lhe quando espirrar;
Ele é um espertinho
E só faz isso para irritar.

(refrão)
(no qual a cozinheira e o bebê se juntaram):
Uau! Uau! Uau!"

Enquanto a Duquesa cantava a segunda estrofe da música, continuava jogando o bebê bruscamente para cima e para baixo, e o coitadinho berrou tanto, que Alice mal podia ouvir as palavras:

"Falo firme com meu garoto,
Bato nele ao espirrar;
Pois só assim toma gosto
por pimenta apreciar

(refrão)
Uau! Uau! Uau!"

— Aqui! Você pode alimentá-lo um pouco, se quiser! — a Duquesa falou enquanto lançava o bebê para Alice. — Devo ir me preparar para jogar croqué com a Rainha. — E saiu apressadamente do cômodo. A Cozinheira jogou uma frigideira atrás dela enquanto passava, mas não a acertou.

Alice agarrou o bebê com alguma dificuldade, pois era uma criatura com forma esquisita. Estendia os braços e as pernas em todas as direções, "como uma estrela-do-mar", pensou Alice. O coitadinho estava bufando

como um motor a vapor quando ela o segurou, e continuou se dobrando e se endireitando novamente, de modo que, nos primeiros minutos, o máximo que ela podia fazer era segurá-lo.

Assim que percebeu a maneira correta de niná-lo, (que era torcê-lo em um nó e depois segurar firmemente a orelha direita e o pé esquerdo, a fim de evitar que se desfizesse), ela o levou ao ar livre. "Se eu não levar essa criança comigo", pensou Alice, "com certeza a matarão em um dia ou dois: não seria assassinato deixá-la para trás?". Ela disse as últimas palavras em voz alta, e a pequena coisa grunhiu em resposta, pois já havia parado de espirrar a essa altura.

— Pare de grunhir — Alice pediu —, essa não é a maneira correta de se expressar.

O bebê grunhiu novamente, e Alice olhou muito ansiosa para ele para ver qual era o problema. Não havia dúvidas de que ele tinha um nariz *muito* arrebitado, muito mais como um focinho do que como um nariz de verdade. Seus olhos também eram extremamente pequenos para um bebê. No geral, Alice não gostou da aparência da criatura, "mas talvez esteja apenas soluçando", pensou ela. Analisou seus olhos de novo, para ver se havia alguma lágrima.

Não, não havia lágrimas.

— Se você vai se transformar em um porco, meu querido — Alice falou seriamente —, não terei mais nada a ver com você. Preste atenção!

O pobrezinho soluçou novamente (ou grunhiu, era impossível distinguir) e eles continuaram em silêncio por algum tempo.

Alice estava apenas começando a pensar, "E agora? O que devo fazer com essa criatura, quando a levar para casa?", quando ele grunhiu novamente, com tanta fúria, que ela olhou para o rosto dele muito alarmada. Desta vez, não poderia haver engano: não era nada além de um porco, e ela achou que seria um absurdo continuar com isso.

Assim, colocou a criaturinha no chão e se sentiu muito aliviada ao vê-la caminhar calmamente para o bosque. "Se tivesse crescido", disse ela para si mesma, "teria sido uma criança horrorosa; mas como porco é bem jeitosinho, eu acho." E começou a pensar sobre outras crianças que conhecia que ficariam muito bem como porcos, e bem na hora em que estava pensando "se ao menos alguém soubesse a maneira correta de transformá-las" teve um ligeiro sobressalto ao ver o Gato de Cheshire sentado no galho de uma árvore a alguns metros de distância.

Ao ver Alice, o Gato apenas sorriu. Ela achou que parecia bem-humorado. Ainda assim, tinha garras muito compridas e muitos dentes, então sentiu que ele deveria ser tratado com respeito.

— Bichano de Cheshire — ela começou timidamente, pois nem sabia se gostaria do nome. Contudo, ele apenas sorriu um pouco mais. "Bom, está contente até agora", pensou Alice, e continuou: — Você poderia me dizer, por favor, por qual caminho devo seguir para sair daqui?

— Isso depende muito de aonde deseja chegar — disse o Gato.

— Eu não ligo muito para onde... — falou Alice.

— Então não importa para que lado caminhe — replicou o Gato.

— ...desde que eu chegue a algum lugar — Alice acrescentou como uma explicação.

— Ah, com certeza fará isso — o Gato disse —, se você andar por tempo suficiente.

Alice sentiu que isso não podia ser questionado, então tentou outra pergunta:

— Que tipo de pessoas vivem por aqui?

— *Naquela direção* — o Gato falou acenando com a pata direita —, vive um Chapeleiro; e nessa direção — acenou com a outra pata —, vive uma Lebre de Março. Visite qual desejar: os dois são loucos.

— Mas não quero me envolver com gente louca — observou Alice.

— Oh, você não pode evitar — o Gato afirmou. — Aqui somos todos loucos. Eu sou louco. Você é louca.

— Como sabe que sou louca? — questionou Alice.

— Você deve ser, ou não teria vindo aqui — o Gato respondeu.

Alice não achou que isso provasse alguma coisa. Apesar disso, continuou:

— E como você sabe que é louco?

— Para começar — o Gato declarou —, um cachorro não é louco. Admite isso?

— Acho que sim — falou Alice.

— Bem, então — continuou o Gato —, você vê um cão rosnar quando está com raiva e abanar o rabo quando está satisfeito. Agora, eu rosno quando estou satisfeito e abano o rabo quando estou com raiva.

Por isso sou louco.

— Eu chamo de ronronar, não rosnar — Alice afirmou.

— Chame como quiser — o Gato retorquiu. — Vai jogar croqué com a Rainha hoje?

— Gostaria muito, mas ainda não fui convidada — Alice respondeu.

— Você me verá lá — afirmou o Gato, e desapareceu.

Alice não ficou muito surpresa, pois estava se acostumando com coisas estranhas acontecendo. Enquanto olhava para o lugar onde o Gato estivera, de repente ele apareceu novamente.

— Aliás, o que aconteceu com o bebê? — questionou o Gato. — Quase me esqueci de perguntar.

— Ele se transformou em um porco — Alice respondeu calmamente, como se o Gato tivesse voltado de maneira natural.

— Achava mesmo que iria virar — disse o Gato, e desapareceu de novo.

Alice aguardou um pouco, meio que esperando vê-lo novamente, mas ele não apareceu e, depois de um minuto ou dois, ela seguiu na direção em que foi dito que a Lebre de Março morava. "Eu já vi chapeleiros antes", disse a si mesma, "a Lebre de Março será bem mais interessante, e talvez, como estamos em maio, não esteja louca – pelo menos não tão louca quanto em março". Quando disse isso, olhou para cima e lá estava o Gato novamente, sentado em um galho de uma árvore.

— Você disse porco ou corpo? — o Gato perguntou.

— Eu disse porco — respondeu Alice. — E gostaria que não continuasse aparecendo e desaparecendo tão repentinamente. Você me deixa um pouco tonta.

— Tudo bem — concordou o gato; e dessa vez desapareceu bem devagar, começando com o final da cauda e terminando com o sorriso, que permaneceu algum tempo depois que o resto havia sumido.

"Bem! Já vi gatos sem sorriso com frequência," pensou Alice, "mas um sorriso sem um gato! É a coisa mais curiosa que já vi na vida!"

Ela não havia ido muito longe quando avistou a casa da Lebre de Março. Pensou ser a casa certa, porque as chaminés tinham forma de orelhas e o telhado era coberto com pelo. Era uma casa tão grande que ela não queria chegar perto até ter mordiscado um pouco mais do pedaço do cogumelo da mão esquerda para se aumentar uns sessenta centímetros. Mesmo assim, ela caminhou timidamente em direção à casa, dizendo para si mesma: "Suponho que deve mesmo ser louca delirante! Quase desejo ter ido ver o Chapeleiro em vez disso!".

A FESTA LOUCA DO CHÁ

Havia uma mesa posta sob uma árvore em frente à casa, e a Lebre de Março e o Chapeleiro estavam tomando chá. Uma ratazana estava sentada entre eles, dormindo profundamente, e os outros dois a usavam como almofada, descansando os cotovelos sobre ela e falando por cima de sua cabeça. "Deve ser muito desconfortável para a ratazana", pensou Alice, "só que, já que está dormindo, suponho que não se importe".

A mesa era grande, mas os três estavam amontoados em um canto.

— Não há lugar! Não há lugar! — gritaram quando viram Alice chegando.

— Há *muito* espaço! — Alice retrucou indignada, e sentou-se em uma grande poltrona em uma extremidade da mesa.

— Tome um pouco de vinho — convidou a Lebre de Março em um tom encorajador.

Alice olhou ao redor da mesa, mas não viu nada além de chá.

— Não vejo nenhum vinho — ela observou.

— Não há nenhum — a Lebre de Março confirmou.

— Não foi muito educado em oferecer — Alice declarou com raiva.

— Não foi muito educado da *sua* parte sentar-se sem ter sido convidada — retrucou a Lebre de Março.

— Eu não sabia que a mesa era sua — falou Alice. — Está arrumada para muito mais do que três convidados.

— Seu cabelo precisa de um corte — disse o Chapeleiro. Ele estava olhando para Alice há algum tempo com grande curiosidade, e essa era a primeira vez que falava.

— Você deveria aprender a não fazer comentários pessoais — Alice bradou com certa severidade —, é muito rude.

O Chapeleiro arregalou os olhos ao ouvir isso, mas tudo o que disse foi:

— Por que um corvo é como uma escrivaninha?

"Oba, agora vamos nos divertir! Estou feliz que eles começaram a perguntar enigmas", pensou Alice. E acrescentou em voz alta:

— Acredito que posso adivinhar isso.

— Você quer dizer que acha que pode encontrar a resposta? — perguntou a Lebre de Março.

— Exatamente — respondeu Alice.

— Então você deve dizer o que quer dizer — prosseguiu a Lebre de Março.

— Direi — Alice respondeu apressadamente. — Pelo menos... pelo menos eu quero dizer o que digo... é a mesma coisa, você sabe.

— Não é a mesma coisa, nem um pouco! — exclamou o Chapeleiro. — Ora, é como você dizer que "vejo o que como" é a mesma coisa que "como o que vejo"!

— Você poderia dizer — acrescentou a Lebre de Março — que "amo o que recebo" é a mesma coisa que "recebo o que amo!".

— Você poderia dizer — adicionou a Ratazana, que parecia estar falando enquanto dormia — que "respiro quando durmo" é a mesma coisa que "durmo quando respiro"!

— É a mesma coisa com você — o Chapeleiro apontou, e aqui a conversa diminuiu e o grupo ficou em silêncio por um minuto, enquanto Alice pensava em tudo o que conseguia se lembrar sobre corvos e escrivaninhas, o que não era muito.

O Chapeleiro foi o primeiro a quebrar o silêncio:

— Que dia do mês é hoje? — perguntou virando-se para Alice. Ele tirara o relógio do bolso e olhava inquieto, sacudindo-o de vez em quando e segurando no ouvido.

Alice considerou um pouco e disse:

— Dia quatro.

— Dois dias de atraso! — suspirou o Chapeleiro. — Eu disse que a manteiga não se adequaria ao trabalho! — acrescentou, olhando furiosamente para a Lebre de Março.

— Era a *melhor* manteiga — a Lebre de Março respondeu humildemente.

— Sim, mas algumas migalhas também devem ter entrado — o Chapeleiro resmungou —, você não deveria colocá-la com a faca de pão.

A Lebre de Março pegou o relógio e olhou sombriamente; depois, o mergulhou em sua xícara de chá e o olhou de novo. Mas não conseguiu pensar em nada melhor para dizer do que sua primeira observação:

— Era a melhor manteiga, você sabe.

Alice estava olhando por cima do ombro dele com alguma curiosidade.

— Que relógio engraçado! — ela comentou. — Mostra o dia do mês e não diz que horas são!

— Por que deveria? — murmurou o Chapeleiro. — O seu relógio lhe diz que ano é?

— É claro que não — Alice replicou prontamente —, mas é porque permanece o mesmo ano por muito tempo.

— O que é exatamente o caso do meu — respondeu o Chapeleiro.

Alice sentiu-se terrivelmente intrigada. A observação do Chapeleiro lhe parecia não ter nenhum significado, e ainda assim certamente ele falava a mesma língua que ela.

— Eu não o entendo — ela disse o mais educadamente possível.

— A Ratazana está dormindo de novo — o Chapeleiro observou, e derramou um pouco de chá quente em seu nariz.

A Ratazana sacudiu a cabeça impacientemente, e disse sem abrir os olhos:

— Claro, claro. É exatamente o que eu ia observar.

— Você já decifrou o enigma? — o Chapeleiro perguntou, virando-se novamente para Alice.

— Não, eu desisto — Alice replicou. — Qual é a resposta?

— Não tenho a mínima ideia — o Chapeleiro falou.

— Nem eu — acrescentou a Lebre de Março.

Alice suspirou cansada.

— Acho que você pode fazer algo melhor com o tempo do que desperdiçá-lo com enigmas que não têm respostas — declarou ela.

— Se você conhecesse o Tempo tão bem quanto eu — o Chapeleiro falou —, não falaria sobre desperdiçá-lo.

— Eu não sei o que quer dizer — Alice disse.

— Claro que não! — exclamou o Chapeleiro, sacudindo a cabeça com desdém. — Ouso dizer que nunca falou com o Tempo!

— Talvez não — Alice respondeu cautelosamente —, mas sei que tenho que bater o tempo quando estudo música.

— Ah! Isso explica tudo — falou o Chapeleiro. — Ele não suporta batidas. Agora, se vocês mantivessem boas relações, ele faria quase qualquer coisa que você quisesse com o relógio. Por exemplo, suponha que fosse nove horas da manhã, bem na hora de começar as aulas. Você só precisaria dar uma deixa ao tempo em um cochicho, e o relógio ia girando! Uma e meia, hora do almoço!

— Eu bem que queria que fosse — , a Lebre de Março disse para si mesmo em um sussurro.

— Isso seria ótimo, certamente — Alice afirmou, pensativa. — Mas então... eu não estaria com fome, você sabe.

— Talvez a princípio, não — explicou o Chapeleiro —, mas você poderia mantê-lo em uma e meia até quando quisesses.

— É assim que *você* faz? — Alice perguntou.

O Chapeleiro balançou a cabeça pesarosamente.

— Eu não! — ele respondeu. — Nós brigamos em março passado... pouco antes de ela enlouquecer, você sabe... — apontando com a colher de chá para a Lebre de Março — ...foi no grande concerto da Rainha de Copas, e eu tive de cantar:

"Pisca, pisca, morceguinho!
Vai traçando seu caminho..."

— Você conhece a música?

— Eu ouvi algo parecido — falou Alice.

— Ela prossegue, você sabe — continuou o Chapeleiro —, desta maneira:

"Voar por sobre o mundo, você planeja,
Como chá em uma grande bandeja.
Pisca, pisca..."

Aqui a Ratazana se sacudiu e começou a cantar enquanto dormia: "Pisca, pisca, pisca, pisca..." e continuou por tanto tempo que precisaram lhe beliscar para parar.

— Bem, mal terminei o primeiro verso, quando a Rainha gritou: "Ele está matando o tempo! Cortem-lhe a cabeça!" — contou o Chapeleiro.

— Que terrivelmente cruel! — exclamou Alice.

— E desde então — o Chapeleiro prosseguiu em tom triste —, ele não fará nada que eu peça! Agora são sempre seis horas.

Uma ideia brilhante surgiu na cabeça de Alice.

— É por isso que há tantas louças de chá colocadas à mesa? — perguntou ela.

— Sim, é por isso — o Chapeleiro confirmou com um suspiro. — Sempre é hora do chá, e não temos tempo para lavar as coisas.

— Então ficam mudando de um lugar para outro em círculos, não é? — questionou Alice.

— Exatamente — o Chapeleiro assentiu —, à medida que as coisas se esgotam.

— Mas e quando voltarem ao começo? — Alice se aventurou a perguntar.

— Proponho mudarmos de assunto — a Lebre de Março interrompeu, bocejando. — Estou cansada disso. Proponho que a jovem nos conte uma história.

— Receio não conhecer uma — Alice disse, bastante alarmada com a proposta.

— Então a Ratazana deve contar! — ambos exclamaram. — Acorde, Ratazana! — E eles beliscaram seus dois lados de uma só vez.

A Ratazana abriu os olhos lentamente.

— Eu não estava dormindo — falou com uma voz rouca e fraca. — Eu ouvi todas as palavras que estavam dizendo.

— Conte-nos uma história! — disse a Lebre de Março.

— Sim, por favor! — implorou Alice.

— E seja rápido — acrescentou o Chapeleiro — ou voltará a dormir antes de terminar.

— Era uma vez, três irmãzinhas — começou a Ratazana apressadamente. — E seus nomes eram Elsie, Lacie e Tillie, e elas moravam no fundo de um poço...

— O que elas comiam? — questionou Alice, que sempre se interessou bastante por questões de comida e bebida.

— Elas comiam melaço — a Ratazana continuou, depois de pensar um minuto.

— Não pode ser — Alice comentou gentilmente. — Elas estariam doentes.

— Elas estavam — afirmou a Ratazana — *muito* doentes.

Alice tentou imaginar um modo de vida tão extraordinário, mas isso a intrigou demais, então continuou:

— Mas por que elas moravam no fundo de um poço?

— Tome mais um pouco de chá — a Lebre de Março falou muito sinceramente.

— Eu ainda não tomei nada — Alice respondeu em um tom ofendido —, então não posso tomar mais.

— Você quis dizer que não pode tomar menos — disse o Chapeleiro. — É muito fácil tomar mais do que nada.

— Ninguém pediu sua opinião — Alice retorquiu.

— Quem está fazendo comentários pessoais agora? — o Chapeleiro perguntou triunfantemente.

Alice não sabia muito bem o que dizer sobre isso, então se serviu de um pouco de chá e pão com manteiga, depois virou-se para a Ratazana e repetiu a pergunta:

— Por que elas moravam no fundo de um poço?

A Ratazana novamente levou um minuto para pensar sobre o assunto e disse:

— Era um poço de melaço.

— Não existe tal coisa! — Alice começou com muita raiva, mas o Chapeleiro e a Lebre de Março disseram:

— Shhh! Shhh!

E a Ratazana comentou emburrada:

— Se você não pode ser educada, é melhor terminar a história sozinha.

— Não, por favor, continue! — Alice disse muito humildemente. — Não vou interromper novamente. Posso fingir que existe um.

— Um, de fato! — exclamou a Ratazana, indignada. No entanto, ela consentiu em continuar: — E essas três irmãzinhas... elas estavam aprendendo a tirar, você sabe.

— A tirar o quê? — Alice perguntou, esquecendo-se completamente da sua promessa.

— Melaço — a Ratazana disse, sem pestanejar.

— Quero uma xícara limpa — interrompeu o Chapeleiro. — Vamos avançar um lugar.

Ele avançou enquanto falava, e a Ratazana o seguiu. A Lebre de Março mudou-se para o lugar da Ratazana e Alice, muito a contragosto, tomou o lugar da Lebre de Março. O Chapeleiro foi o único que tirou vantagem da mudança: Alice estava muito pior do que antes, pois a Lebre de Março acabara de colocar o jarro de leite no prato.

Alice não queria ofender a Ratazana novamente, então começou com muito cuidado:

— Mas eu não entendo. De onde elas tiravam o melaço?

— Você pode tirar água de um poço de água — falou o Chapeleiro. — Então eu acho que você poderia tirar melaço de um poço de melaço, hein, estúpida?

— Mas elas estavam *dentro* do poço — Alice falou para a Ratazana, escolhendo não notar essa última observação.

— É claro que estavam — confirmou a Ratazana —, bem no fundo do poço.

Essa resposta confundiu a pobre Alice, que deixou a Ratazana continuar por algum tempo sem interrompê-la.

— Elas estavam aprendendo a tirar — continuou a Ratazana, bocejando e esfregando os olhos, pois estava ficando com muito sono — e elas tiravam todo tipo de coisa; tudo que começa com um M...

— Por que com um M? — questionou Alice.

— Por que não? — respondeu a Lebre de Março.

Alice ficou calada.

A Ratazana havia fechado os olhos a essa altura e estava cochilando, mas, ao ser beliscada pelo Chapeleiro, acordou novamente com um grito agudo e continuou:

— ...que começa com um M, como as maquinações, Marte, memórias e muito mais. Você sabe que dizem que as coisas "são mais do mesmo". Você já viu alguém tirar mais do mesmo?

— Ora, agora você me pergunta — Alice falou, muito confusa. — Eu não acho que...

— Então você não deveria falar — interrompeu o Chapeleiro.

Essa grosseria era mais do que Alice podia suportar: ela levantou-se com grande desgosto e foi embora. A Ratazana adormeceu instantaneamente, e nenhum dos outros notou sua partida, embora ela tivesse olhado para trás uma ou duas vezes, meio que esperando que

a chamassem de volta. A última vez que os viu, eles estavam tentando colocar a Ratazana no bule de chá.

— De qualquer forma, nunca mais volto lá! — Alice exclamou enquanto caminhava pela floresta. — É a festa do chá mais estúpida de que já participei em toda a minha vida!

Assim que disse isso, ela notou que uma das árvores tinha uma porta que dava para si mesma. "Isso é muito curioso!", ela pensou, "mas hoje tudo está curioso. Acho que posso entrar de uma vez." E ela foi.

Mais uma vez, ela encontrou-se no grande salão e perto da mesinha de vidro. "Agora, dessa vez me sairei melhor", disse para si mesma. Começou pegando a pequena chave de ouro e destrancando a porta que dava para o jardim. Então, ela foi mordiscando o cogumelo (ela guardara um pedaço no bolso) até ter cerca de trinta centímetros de altura. Depois, seguiu pela pequena passagem, e então, finalmente se encontrou no belo jardim, entre os canteiros de belíssimas flores e das fontes de água fresca.

O jogo de croqué da Rainha

Perto da entrada do jardim havia uma grande roseira. Suas rosas eram brancas, mas havia três jardineiros ocupados pintando-as de vermelho. Alice achou isso uma coisa muito curiosa, e se aproximou para observá-los. Assim que fez isso, ouviu um deles dizer:

— Cuidado com isso, Cinco! Não salpique tinta sobre mim assim!

— Eu não pude evitar — Cinco falou em tom aborrecido. — O Sete sacudiu o meu cotovelo.

Foi quando Sete olhou para cima e disse:

— Isso mesmo, Cinco! Sempre coloque a culpa nos outros!

— É melhor *você* não falar! — avisou Cinco. — Ouvi a Rainha dizer ontem que você merecia ser decapitado!

— Por quê? — perguntou o que havia falado primeiro.

— Isso não é da sua conta, Dois! — bradou Sete.

— Sim, é problema dele! — Cinco replicou. — E eu direi: foi por levar raízes de tulipa para o cozinheiro, em vez de cebola.

Sete jogou o pincel e tinha começado a falar: "Bem, de todas as coisas injustas..." Quando seus olhos perceberam Alice, enquanto ela os observava, e ele repentinamente se calou. Os outros também olharam em volta e todos se curvaram.

— Vocês poderiam me dizer, por favor — Alice pediu um pouco tímida —, por que estão pintando essas rosas?

Cinco e Sete não disseram nada, mas olharam para o Dois, que falou em voz baixa:

— Ora, o fato é que, Senhorita, esta aqui deveria ter sido uma roseira *vermelha*, e colocamos uma branca por engano. Se a Rainha descobrir isso, todos teremos as cabeças cortadas, você sabe. Então veja, Senhorita, estamos fazendo o nosso melhor, antes que ela chegue até...

Nesse momento, Cinco, que estava olhando ansiosamente ao redor do jardim, gritou:

— A Rainha! A Rainha!

E os três jardineiros imediatamente se jogaram de bruços no chão. Houve um som de muitos passos, e Alice olhou em volta, ansiosa para ver a Rainha.

Primeiro vieram dez soldados carregando paus; tinham todos o mesmo formato dos três jardineiros, eram alongados e chatos, com as mãos e os pés nos cantos. Em seguida, os dez cortesãos; estes estavam enfeitados com losangos vermelhos da cabeça aos pés e caminhavam dois a dois, tal como os soldados. Atrás vieram os infantes reais; eram dez, e os queridinhos vinham saltitando alegremente de mãos dadas, aos pares: estavam todos enfeitados com corações. Depois vinham os convidados, na maioria Reis e Rainhas, e entre eles Alice reconheceu o Coelho Branco: falava depressa, nervosamente, sorria de tudo que era dito e passou sem a notar. Seguia-os o Valete de Copas, transportando a coroa do Rei numa almofada de veludo vermelho; e por fim, fechando esse grande cortejo, vieram o rei e a rainha de copas.

Alice estava bastante duvidosa se não deveria se deitar com o rosto no chão como os três jardineiros, mas não se lembrava de ter ouvido falar dessa regra nos cortejos. "E, além disso, qual seria o uso de um cortejo", pensou ela, "se todas as pessoas se deitassem de bruços, e não pudessem vê-lo?" Assim, continuou onde estava e esperou.

Quando o cortejo chegou em frente a Alice, todos pararam e a encararam, e a Rainha disse severamente:

— Quem é essa?

Ela perguntou isso ao Valete de Copas, que apenas se curvou e sorriu em resposta.

— Idiota! — a Rainha gritou, sacudindo a cabeça impaciente. Virando-se para Alice, ela prosseguiu — Qual é o seu nome, criança?

— Meu nome é Alice, se agrada a Vossa Majestade — Alice respondeu educadamente, mas acrescentou para si mesma: "Afinal, eles são apenas baralho de cartas. Não preciso ter medo deles!"

— E quem são esses? — questionou a Rainha, apontando para os três jardineiros que estavam caídos em volta da roseira; pois, como estavam deitados de bruços, e o padrão nas costas era o mesmo que o do resto do bando, ela não sabia dizer se eram jardineiros, soldados, cortesãos ou três de seus próprios filhos.

— Como eu deveria saber? — falou Alice, surpresa com sua própria coragem. — Não é da *minha* conta.

A Rainha ficou vermelha de fúria e, depois de encará-la por um momento como um animal selvagem, começou a gritar:

— Cortem-lhe a cabeça! Cortem...

— Bobagem! — Alice interrompeu, em um tom alto e decidido, e a Rainha ficou em silêncio.

O Rei colocou a mão no braço dela e disse timidamente:

— Releve, minha querida: ela é apenas uma criança!

A Rainha afastou-se zangada e disse ao Valete:

— Vire-os!

O Valete o fez com um pé, com muito cuidado.

— Levantem-se! — a Rainha ordenou com voz alta e estridente, e os três jardineiros saltaram instantaneamente e começaram a se curvar ao Rei, à Rainha, às crianças reais e a todos os outros.

— Parem com isso! — gritou a Rainha. — Vocês me deixam tonta. — E então, virando-se para a roseira, ela prosseguiu — O que vocês têm feito aqui?

— Se agradar Vossa Majestade — Dois respondeu em um tom humilde, ajoelhando-se enquanto falava —, estávamos tentando...

— Entendi! — interrompeu a Rainha, que estava examinando as rosas. — Cortem-lhes as cabeças!

E o cortejo seguiu em frente, três dos soldados ficando para trás para executar os infelizes jardineiros que correram para Alice em busca de proteção.

— Vocês não serão decapitados! — Alice declarou, e os colocou em um grande vaso de flor que ficava próximo. Os três soldados vagaram por um minuto ou dois, procurando por eles, e depois saíram em silêncio, um atrás do outro.

— Eles estão sem cabeça? — berrou a Rainha.

— As cabeças se foram, se isso agradar a Sua Majestade! — os soldados gritaram em resposta.

— Está certo! — exclamou a Rainha. — Você sabe jogar croqué?

Os soldados ficaram em silêncio e olharam para Alice, pois a pergunta evidentemente era para ela.

— Sim! — bradou Alice.

— Vamos lá! — rugiu a Rainha, e Alice entrou na procissão, imaginando o que aconteceria a seguir.

— É... está um dia muito bom! — disse uma voz tímida ao seu lado. Ela estava passando pelo Coelho Branco, que estava olhando ansiosamente para o rosto dela.

— Muito! — Alice falou. — Onde está a Duquesa?

— Shh! Calada! — o Coelho disse em um tom baixo e apressado. Ele olhou ansiosamente por cima do ombro enquanto falava, e então se levantou na ponta das patas, colocou a boca perto da orelha dela e sussurrou: — Ela está sob sentença de execução.

— Por quê? — questionou Alice.

— Você disse "Que pena!"? — perguntou o Coelho.

— Não, não disse — Alice negou. — Não acho que seja tanta pena. Eu disse: Por quê?

— Deu um peteleco nas orelhas da Rainha — começou o Coelho. Alice deu um pequeno grito de risada.

— Oh, quieta! — o Coelho sussurrou em um tom assustado. — A Rainha vai ouvir! Você vê, ela chegou atrasada, e a Rainha disse...

— Vão para seus lugares! — a Rainha ordenou com uma voz de trovão, e as pessoas começaram a correr em todas as direções, trombando umas com as outras. No entanto, todos se arrumaram em um minuto ou dois, e o jogo começou.

Alice pensou que nunca havia visto um terreno de croqué tão curioso em sua vida: era todo de cumes e sulcos, as bolas de croqué eram ouriços vivos, os tacos eram flamingos vivos e os soldados tinham de se dobrar e ficar apoiados com as mãos e os pés para formar os arcos.

A principal dificuldade que Alice encontrou no início foi manipular o flamingo. Ela conseguiu dobrar o corpo dele confortavelmente, debaixo de seu braço, com as patas pendendo para baixo. Assim que ela deixava seu pescoço bem esticado e ia dar um golpe com a cabeça no ouriço, ele se contorcia e olhava para o rosto dela com uma expressão tão confusa que ela não podia deixar de explodir em risadas.

E quando ela abaixava a cabeça dele para começar de novo, era muito irritante descobrir que o ouriço havia se desenrolado e estava se arrastando para longe. Além de tudo isso, geralmente havia algum cume ou sulco no caminho para onde ela queria enviar o ouriço e, como os soldados dobrados estavam sempre se levantando e caminhando para outras partes do terreno, Alice logo chegou à conclusão de que realmente era um jogo muito difícil.

Todos os participantes jogavam ao mesmo tempo, sem esperar pela vez, brigando toda hora e lutando pelos ouriços. Em pouco tempo, a Rainha em fúria apaixonada, andava a passos largos e gritava:

— Cortem a cabeça dele! — E de vez em quando: — Cortem a cabeça dela!

Alice começou a se sentir muito inquieta. Para garantir, ela ainda não havia tido nenhuma disputa com a Rainha, mas sabia que isso poderia acontecer a qualquer momento. "E depois," pensou ela, "o que seria de mim? Eles gostam muito de decapitar as pessoas aqui. É impressionante que reste alguém vivo!"

Ela estava procurando alguma maneira de escapar, e imaginando se conseguiria fazer isso sem ser vista, quando notou uma aparência curiosa no ar. No início, isso a intrigou muito, mas depois de observar por um minuto ou dois, percebeu um sorriso e disse para si mesma: "É o Gato de Cheshire. Agora terei alguém com quem conversar."

— Como está indo? — perguntou o Gato, assim que apareceu boca o suficiente para falar.

Alice esperou até os olhos aparecerem e depois acenou. "Não adianta falar com ele", pensou ela, "até que seus ouvidos apareçam, ou pelo menos um deles". Em outro minuto, toda a cabeça apareceu, e então Alice largou o flamingo e começou a contar sobre o jogo, sentindo-se muito feliz por ter alguém para ouvi-la. O Gato parecia pensar que agora havia o suficiente à vista, e nada mais dele apareceu.

— Não acho que joguem de maneira justa — Alice começou em um tom de queixa —, e todos brigam tão terrivelmente que não se pode ouvir a si mesmo falando. E eles parecem não ter regras específicas; pelo menos, se houver, ninguém as segue. E você não faz ideia de como é confuso que todas as coisas estejam vivas. Por exemplo, há o arco que tenho que percorrer na próxima caminhada do outro lado do terreno, e eu já deveria ter acertado o ouriço da Rainha, só que ele fugiu quando viu o meu chegando!

— Você gosta da Rainha? — o Gato perguntou em voz baixa.

— De jeito nenhum — Alice respondeu. — É tão...

Nesse momento, ela percebeu que a Rainha estava logo atrás dela, ouvindo. Então ela continuou:

— ...provável que vença, que dificilmente vale a pena terminar o jogo.

A Rainha sorriu e continuou caminhando.

— Com quem está falando? — perguntou o Rei, aproximando-se de Alice e olhando para a cabeça do Gato com grande curiosidade.

— É um amigo meu: um gato de Cheshire — Alice respondeu. — Permita-me apresentá-lo.

— Não gosto nada da aparência dele — o Rei declarou. — No entanto, pode beijar minha mão, se desejar.

— Prefiro não — observou o Gato.

— Não seja impertinente — o Rei bradou —, e não me olhe assim!
— Ele ficou atrás de Alice enquanto falava.

— Um gato pode olhar para um Rei — Alice mencionou —, li isso em algum livro, mas não lembro qual.

— Bem, ele deve ser banido — o Rei falou decididamente, e chamou a Rainha que estava passando no momento. — Minha querida! Eu gostaria que você fizesse com que esse Gato seja banido!

A Rainha tinha apenas uma maneira de resolver todas as dificuldades, grandes ou pequenas:

— Cortem-lhe a cabeça! — ordenou sem sequer olhar ao redor.

— Eu mesmo buscarei o carrasco — o Rei disse ansiosamente e saiu apressado.

Ao ouvir a voz da Rainha ao longe, gritando com furor, Alice pensou que poderia muito bem voltar e ver como o jogo estava indo. Ela já ouvira a sentença de três dos jogadores à execução por terem perdido a vez e não gostou nada da aparência das coisas, pois o jogo estava tão confuso que nem ela sabia se era sua vez ou não. Então saiu em busca de seu ouriço.

O ouriço estava envolvido em uma briga com outro ouriço, o que pareceu para Alice uma excelente oportunidade para bater um deles no outro. A única dificuldade era que o flamingo passara para o outro lado do jardim, onde Alice podia vê-lo tentando, de uma maneira desajeitada, voar até uma árvore.

Quando pegou o flamingo e o trouxe de volta, a luta havia acabado, e os dois ouriços estavam fora de vista. "Mas não importa muito", pensou Alice, "pois todos os arcos se foram desse lado". Então, ela o colocou debaixo do braço, para que não escapasse novamente, e voltou para conversar um pouco mais com o amigo.

Ao retornar ao Gato de Cheshire, ficou surpresa ao encontrar uma grande multidão ao seu redor. Havia uma disputa entre o Carrasco, o Rei e a Rainha, que estavam falando ao mesmo tempo, enquanto todo o resto estava em silêncio e pareciam muito apreensivos.

No momento em que Alice apareceu, foi convocada pelos três para resolver a questão. Eles repetiram seus argumentos, embora, como falavam ao mesmo tempo, ela achou muito difícil entender exatamente o que disseram.

O argumento do Carrasco era que não poderia cortar uma cabeça, a menos que houvesse um corpo para cortá-lo, pois ele nunca havia feito isso antes, e não começaria naquela altura da vida.

O argumento do Rei era que qualquer coisa que tivesse cabeça poderia ser decapitada e que ele não deveria falar bobagem.

O argumento da Rainha era que, se algo não fosse feito imediatamente, ela faria com que todo mundo fosse executado. Foi essa última observação que fez todo mundo parecer tão sério e ansioso.

Alice não conseguiu pensar em mais nada para dizer além de:

— Ele pertence à Duquesa. É melhor perguntá-la sobre isso.

— Ela está na prisão — a Rainha falou ao Carrasco. — Traga-a aqui. — E o Carrasco disparou como uma flecha.

A cabeça do Gato começou a desaparecer desde o momento em que o Carrasco partiu, e, quando voltou com a Duquesa, ela havia desaparecido por completo. Então o Rei e o Carrasco correram loucamente para cima e para baixo procurando por ele, enquanto o resto dos convidados voltaram para o jogo.

A História da Tartaruga Falsa

Você não pode imaginar como estou feliz em vê-la novamente, queridinha! — a Duquesa declarou enquanto colocava o braço carinhosamente no de Alice e saíam juntas.

Alice ficou muito feliz em encontrá-la com um temperamento tão agradável e pensou consigo mesma que talvez fosse apenas a pimenta que a tornara tão selvagem quando se conheceram na cozinha. "Quando eu for Duquesa", ela disse para si mesma (embora não com um tom de esperança), "não terei pimenta na minha cozinha. A sopa fica muito boa sem ela... Talvez seja sempre a pimenta que deixa as pessoas com temperamento forte", ela continuou, muito satisfeita por ter descoberto um novo tipo de regra. "E vinagre que os torna azedos e camomila que os tornam amargos, e... e açúcar de cevada e as coisas que tornam as crianças com temperamento doce. Eu só queria que as pessoas soubessem disso: então elas não seriam tão mesquinhas, sabe."

Ela já havia esquecido a Duquesa a essa altura e ficou um pouco assustada quando ouviu sua voz perto do ouvido:

— Você está pensando sobre algo, minha querida, e isso a faz esquecer de falar. Agora, não posso lhe dizer qual é a moral disso, mas vou me lembrar daqui a pouco.

— Talvez não haja uma — Alice aventurou-se a comentar.

— Ora, ora, criança! — a Duquesa falou. — Tudo tem uma moral, se souber encontrá-la. — E enquanto falava ela se apertou ainda mais do lado de Alice.

Alice não gostava muito de ficar tão perto dela. Primeiro, porque a Duquesa era muito feia e, segundo, porque tinha exatamente a altura certa para descansar o queixo sobre o ombro de Alice, e era desconfortavelmente pontudo. Todavia, não queria ser grosseira, então aguentou o melhor que pôde.

— O jogo está melhorando agora — falou, mantendo a conversa.

— É mesmo — disse a Duquesa. — E a moral disso é: "Oh, esse amor, esse amor, que faz o mundo girar!".

— Alguém disse — Alice sussurrou — que isso é feito por todos que cuidam da própria vida!

— Ah, bem! Significa quase a mesma coisa — a Duquesa respondeu, enfiando o queixo pontudo no ombro de Alice, e acrescentou: — E a moral disso é: "Cuide do sentido, e os sons cuidarão de si mesmos".

"Como ela gosta de encontrar moral nas coisas!", Alice pensou consigo mesma.

— Ouso dizer que está se perguntando por que não coloco meu braço em volta da sua cintura — disse a Duquesa após uma pausa. — O motivo é que duvido do temperamento do seu flamingo. Devo tentar o experimento?

— Ele pode bicar — Alice respondeu cautelosamente, sem se sentir ansiosa para tentar o experimento.

— É verdade — concordou a Duquesa. — Flamingos e mostarda bicam. E a moral disso é: "Aves de mesma pena voam juntas".

— Só que mostarda não é uma ave — observou Alice.

— Certa, como sempre — falou a Duquesa. — Que maneira clara você tem de expressar as coisas!

— É um mineral, eu *acho* — disse Alice.

— Claro que sim — afirmou a Duquesa, que parecia pronta para concordar com tudo o que Alice dizia. — Há uma grande mina de mostarda aqui perto. E a moral disso é: "Quanto mais eu ganho, mais você perde".

— Oh, eu sei! — exclamou Alice, que não havia prestado atenção nessa última observação — É um vegetal. Não se parece, mas é.

— Concordo plenamente com você — disse a Duquesa —, e a moral disso é: "Seja o que você parece ser "... ou, trocando em miúdos, "Nunca imagine que você mesma não é outra coisa senão o que poderia parecer a outros do que o que você fosse ou poderia ter sido, não fosse senão o que você tivesse sido teria parecido a eles ser de outra maneira".

— Acho que entenderia isso melhor se o visse por escrito; assim ouvindo, não consigo acompanhar muito bem — Alice comentou educadamente.

— Isso não é nada do que eu poderia dizer, se quisesse — a Duquesa replicou em um tom satisfeito.

— Suplico que não se dê ao trabalho de dizer mais do que isso — Alice implorou.

— Ah, não fale em trabalho! — pediu a Duquesa. — Eu lhe presenteio com tudo que já disse até agora.

"Que presente barato!", pensou Alice. "Fico feliz que não dão presentes de aniversário desse tipo!", mas não se atreveu a dizer isso em voz alta.

— Pensando de novo? — perguntou a Duquesa, com outra fincada do queixo pontudo.

— Tenho o direito de pensar — Alice respondeu bruscamente, pois estava começando a se sentir preocupada.

— Tão certo quanto os porcos precisam voar, e a mo... — Mas aqui, para grande surpresa de Alice, a voz da Duquesa desapareceu, mesmo no meio de sua palavra favorita: moral. O braço que estava ligado ao dela começou a tremer. Alice olhou para cima e lá estava a Rainha diante delas, com os braços cruzados, franzindo a testa como uma tempestade.

— Um bom dia, Majestade! — a Duquesa começou em voz baixa e fraca.

— Agora, dou-lhe um aviso justo — exclamou a Rainha, batendo no chão enquanto falava. — Você ou sua cabeça devem sumir, e já! Faça sua escolha!

A Duquesa fez a sua escolha e se foi no mesmo instante.

— Vamos continuar com o jogo — ordenou a Rainha. Alice, que estava com muito medo de dizer qualquer coisa, lentamente a seguiu de volta para o campo de croqué.

Os outros convidados aproveitaram a ausência da Rainha e estavam descansando na sombra. Contudo, no momento em que a viram, voltaram correndo para o jogo. A Rainha comentou que apenas um momento de atraso lhes custaria a vida.

O tempo todo em que estavam jogando, a Rainha nunca parava de brigar com os outros jogadores e gritar:

— Cortem a cabeça dele! — ou — Cortem a cabeça dela!

Aqueles a quem ela sentenciava eram detidos pelos soldados, que, é claro, tiveram de deixar de ser arcos para fazer isso. Por fim, depois de meia hora, não haviam arcos restantes, e todos os jogadores, exceto o Rei, a Rainha e Alice, estavam sob custódia e condenados à execução.

Então a Rainha parou sem fôlego, e disse a Alice:

— Você já viu a Tartaruga Falsa?

— Não — respondeu Alice. — Nem sei o que é uma Tartaruga Falsa.

— É disso que a sopa de Tartaruga Falsa é feita — afirmou a Rainha.

— Eu nunca vi nem ouvi falar de uma — declarou Alice.

— Vamos, então — falou a Rainha — , e ela lhe contará sua história.

Enquanto se afastavam, Alice ouviu o Rei dizer em voz baixa, para todo o cortejo:

— Estão todos perdoados.

"Ora, isso é uma coisa boa!", disse para si mesma, pois se sentia bastante infeliz com o número de execuções que a Rainha havia ordenado.

Logo encontraram um Grifo dormindo profundamente ao sol. (Se você não sabe o que é um Grifo, olhe para a ilustração).

— Que coisa mais preguiçosa! — exclamou a Rainha. — Leve essa moça para ver a Tartaruga Falsa e ouvir sua história. Devo voltar e ver algumas das execuções que ordenei. — Ela se afastou, deixando Alice sozinha com o Grifo. Alice não gostou muito da aparência da criatura, mas no geral, pensou que seria tão seguro ficar com ela quanto ir atrás daquela Rainha cruel. Então, esperou.

O Grifo sentou-se e esfregou os olhos. Depois observou a Rainha até sumir de vista. E então, riu.

— Que divertido! — disse o Grifo, meio para si, meio para Alice.

— Qual é a graça? — perguntou Alice.

— Ora, *ela* — respondeu o Grifo. — É tudo fantasia dela. Nunca executam ninguém, sabe? Vamos!

"Todo mundo diz, 'vamos lá! Aqui!' Nunca recebi tantas ordens em toda a minha vida, nunca!" Alice pensou enquanto seguia devagar.

Eles não haviam ido muito longe antes de verem a Tartaruga Falsa à distância, sentada em uma pequena borda de uma rocha, triste e solitária, e, quando se aproximaram, Alice pôde ouvi-la suspirando como se seu coração fosse partir. Ela sentiu profunda pena dela.

— Por que ela está triste? — Alice perguntou ao Grifo, o qual respondeu quase nas mesmas palavras de antes:

— É tudo fantasia dela: ela não está triste, sabe. Vamos!

Então foram até a Tartaruga Falsa, que olhou para eles com grandes olhos cheios de lágrimas, mas não disse nada.

— Esta jovem aqui — iniciou o Grifo — quer conhecer sua história. Ela realmente quer.

— Contarei a ela — avisou a Tartaruga Falsa em um tom profundo e vazio. — Sentem-se, vocês dois, e não digam uma palavra até que eu termine.

Então eles se sentaram e ninguém falou por alguns minutos. Alice pensou consigo mesma: "Não vejo como pode terminar, se não começar". Mas esperou pacientemente.

— Uma vez — a Tartaruga Falsa finalmente disse com um suspiro profundo —, eu era uma tartaruga de verdade.

Essas palavras foram seguidas por um silêncio muito longo, interrompido apenas por uma exclamação ocasional de "Hjckrrh!" do Grifo, e os constantes soluços pesados da Tartaruga Falsa. Alice estava quase se levantando e dizendo: "Obrigado, senhor, por sua história interessante", mas não pôde deixar de pensar que devia haver mais por vir, então ficou quieta e não disse nada.

— Quando éramos pequenos — a Tartaruga Falsa prosseguiu com mais calma, embora ainda chorando um pouco de vez em quando —, fomos para a escola no mar. O professor era um velho tartaruga... costumávamos chamá-lo de Jabuti.

— Por que vocês o chamavam de Jabuti, se ele não era um? — Alice questionou.

— Nós o chamávamos de Jabuti porque ele gostava de jabuticabas — a Tartaruga Falsa disse com raiva. — Você realmente é muito chata!

— Você deveria ter vergonha de fazer uma pergunta tão simples — acrescentou o Grifo. Então, os dois ficaram em silêncio e olharam para a pobre Alice, que se sentia pronta para se enfiar na terra. Por fim, o Grifo disse à Tartaruga Falsa: — Prossiga, velho companheiro! Não fique o dia inteiro nisso!

E ela continuou com essas palavras:

— Sim, fomos para a escola no mar, embora você possa não acreditar...

— Eu nunca disse que não acredito! — interrompeu Alice.

— Você disse — replicou a Tartaruga Falsa.

— Segure essa língua! — acrescentou o Grifo, antes que Alice pudesse falar novamente. A Tartaruga Falsa continuou:

— Tivemos a melhor educação. Na verdade, estudávamos todos os dias...

— Também frequentei uma escola diária — bradou Alice. — Você não precisa ter tanto orgulho disso.

— Com extras? — perguntou a Tartaruga Falsa, um pouco ansiosa.

— Sim — respondeu Alice —, aprendíamos francês e música.

— E lavanderia? — questionou a Tartaruga Falsa.

— Certamente que não! — Alice falou indignada.

— Ah! Então a sua escola não era realmente boa — disse a Tartaruga Falsa em um tom de grande alívio. — Agora, na *nossa*, eles tinham no final do boletim: Extras - Francês, Música e *Lavanderia.*

— Você não precisava muito disso — Alice observou —, vivendo no fundo do mar.

— Eu não podia me dar ao luxo de aprender essa matéria — a Tartaruga Falsa replicou com um suspiro. — Eu só fiz o curso regular.

— O que era isso? — questionou Alice.

— É óbvio que, para começar, Cambalear e Contorcer — respondeu a Tartaruga Falsa. — E depois os diferentes ramos da Aritmética: Ambição, Distração, Enfeização e Escárnio.

— Nunca ouvi falar de Enfeização — Alice se aventurou a dizer. — O que é isso?

O Grifo levantou as duas patas em surpresa.

— Nunca ouviu falar de enfeiar! — exclamou.

— Você sabe o que é embelezar, eu suponho?

— Sim... — Alice confirmou, duvidosamente. — Significa... fazer... qualquer coisa... mais bonita.

— Bem, então — continuou o Grifo —, se não sabe o que é enfeização, você é uma estúpida.

Alice não se sentiu incentivada a fazer mais perguntas sobre isso, então se virou para a Tartaruga Falsa e perguntou:

— O que mais você queria aprender?

— Bem, havia Mistério — a Tartaruga Falsa respondeu, contando os assuntos. — Mistério, antigo e moderno, como a Oceanografia, depois Arrastar. O Mestre de Arrastar era uma velha Enguia que costumava vir uma vez por semana. Ela nos ensinava a Arrastar, Esticar e Desmaiar em espiral.

— Como era isso? — questionou Alice.

— Bem, eu mesmo não posso mostrar isso — a Tartaruga Falsa respondeu. — Eu sou muito dura e o Grifo nunca aprendeu.

— Não tive tempo — explicou o Grifo. — No entanto, fui ao Mestre Clássico. Ele era um Caranguejo velho, ele era.

— Nunca fui a ele — a Tartaruga Falsa falou com um suspiro. — Ele ensinava Risos e Luto, costumava dizer.

— Era isso, isso mesmo — afirmou o Grifo, por sua vez suspirando, e as duas criaturas esconderam o rosto nas patas.

— E quantas horas por dia você fazia aulas? — perguntou Alice, com pressa de mudar de assunto.

— Dez horas no primeiro dia — respondeu a Tartaruga Falsa —, nove no dia seguinte, e assim por diante.

— Que plano curioso! — exclamou Alice.

— Essa é a razão pela qual as lições são chamadas de unidades — observou o Grifo —, por que elas perdem uma unidade a cada dia.

Essa era uma ideia completamente nova para Alice, e ela pensou um pouco antes de fazer sua próxima observação:

— Então o décimo primeiro dia foi um feriado?

— Claro que foi — confirmou a Tartaruga Falsa.

— E como você fez no décimo segundo dia? — Alice prosseguiu ansiosamente.

— Já chega de lições — interrompeu o Grifo em tom decisivo. — Agora conte-lhe sobre os jogos.

A Quadrilha de Lagosta

A Tartaruga Falsa suspirou profundamente e passou o dorso de uma pata sobre os olhos. Ele olhou para Alice e tentou falar, mas por um minuto ou dois, soluços embargaram sua voz.

— Seria o mesmo se ele estivesse com um osso na garganta — falou o Grifo e começou a sacudi-lo e socá-lo nas costas. Por fim, a Tartaruga Falsa recuperou a voz e, com lágrimas escorrendo pelo rosto, continuou:

— Você pode não ter vivido no fundo do mar...

— Eu não — interrompeu Alice.

— ...e talvez nunca tenha sido apresentada a uma lagosta...

Alice começou a dizer: "Eu já provei", mas se controlou rapidamente e disse:

— Não, nunca.

— ...para que possa ter uma ideia de como uma Quadrilha de Lagosta é deliciosa!

— Realmente, não — respondeu Alice. — Que tipo de dança é essa?

— Ora — explicou o Grifo —, primeiro se forma uma fila ao longo da praia.

— Duas filas! — exclamou a Tartaruga Falsa. — Focas, Tartarugas, Salmões, e assim por diante. Então, quando você remover todas as águas-vivas do caminho...

— *Isso* geralmente leva um tempo — interrompeu o Grifo.

— ...você avança duas vezes...

— Cada um com uma Lagosta como parceiro! — exclamou o Grifo.

— É claro — concordou a Tartaruga Falsa. — Avance duas vezes, una-se ao seu parceiro.

— Troque de Lagostas e retire-se na mesma ordem — continuou o Grifo.

— Então, você sabe — prosseguiu a Tartaruga Falsa —, você joga...

— As Lagostas! — gritou o Grifo, com um salto no ar. — Tão longe no mar quanto você puder, e nade atrás delas! — bradou.

— Vire uma cambalhota no mar! — exclamou a Tartaruga Falsa.

— Troque de Lagostas de novo! — berrou o Grifo o mais alto que pôde.

— De volta à terra, e essa é a primeira parte — a Tartaruga Falsa falou, baixando a voz repentinamente, e as duas criaturas que estavam pulando como loucas o tempo todo, sentaram-se de novo muito tristes, e, silenciosamente, olharam para Alice.

— Deve ser uma dança muito bonita — Alice disse timidamente.

— Gostaria de ver um pouco disso? — perguntou a Tartaruga Falsa.

— Com certeza — afirmou Alice.

— Venha, vamos tentar a primeira parte! — falou a Tartaruga Falsa para o Grifo. — Podemos fazer isso sem as Lagostas, sabe. Quem irá cantar?

— Oh, você canta — pediu o Grifo. — Eu já me esqueci da letra.

Então eles começaram a dançar solenemente ao redor de Alice, de vez em quando pisando na ponta dos pés quando passavam muito perto, e agitando as patas dianteiras para marcar o tempo, enquanto a Tartaruga Falsa cantava isso de forma muito lenta e triste:

"Pode andar um pouco mais rápido?", disse um badejo ao caracol.
"Há uma foca logo atrás de nós, empolgada para a dança.
Veja como as lagostas e as tartarugas avançam!
Eles estão esperando na praia – você irá dançar?
Você vai ou não vai, não vai ou vai dançar?
Você vai ou não vai, não vai ou vai dançar?

"Você realmente não tem noção de como é maravilhoso
Quando nos pegam e nos jogam, para longe no mar!"
Mas o caracol respondeu: "Longe demais, longe demais!"
E deu uma olhada temeroso...
Disse que agradeceu gentilmente a foca, mas não quis dançar.
Não, não poderia, não, não poderia, não
juntar-se à dança.
Não, não poderia, não, não poderia, não poderia
juntar-se à dança.

"O que importa até onde vamos?", seu amigo escamoso respondeu:
"Existe uma outra margem, você sabe, do outro lado.
Quanto mais longe da Inglaterra, mais perto fica a França –
Então não fique pálido, caracol amado, mas venha se juntar à dança.
Você vai, não vai, não vai, vai se juntar à dança?
Você, você não, você não, você não se juntará à dança?

— Obrigada, é uma dança muito interessante de assistir — Alice declarou, sentindo-se muito feliz por finalmente ter terminado. — E eu gosto dessa curiosa música sobre o badejo!

— Oh, quanto ao badejo! — falou a Tartaruga Falsa. — Eles... você os viu, é claro?

— Sim — disse Alice —, muitas vezes no jan... — mas se controlou rapidamente.

— Não sei onde esse Jan pode estar — replicou a Tartaruga Falsa —, mas se o vê com tanta frequência, é claro que sabe como ele é.

— Acredito que sim — respondeu Alice, pensativa. — Eles têm a cauda na boca, e ficam sobre a farofa.

— Você está errada sobre a farofa — falou a Tartaruga Falsa. — Toda a farofa é levada pelo mar. Mas eles têm as caudas nas bocas, e o motivo é: — e aqui, a Tartaruga Falsa bocejou e fechou os olhos.

— Conte a ela sobre o motivo de tudo isso — pediu ao Grifo.

— O motivo é que eles iam com as Lagostas para a Quadrilha — explicou o Grifo. — Então, eles eram jogados no mar e tinham de percorrer um longo caminho. Assim, prenderam as caudas nas bocas, e não conseguiram tirá-las novamente. É isso.

— Obrigada — disse Alice —, é muito interessante. Nunca soube tanto sobre um badejo antes.

— Eu posso lhe contar mais do que isso, se desejar — falou o Grifo. — Você sabe por que é chamado de badejo?

— Eu nunca pensei sobre isso — respondeu Alice. — Por quê?

— *Porque lustram as botas e os sapatos com molejo* — o Grifo respondeu muito solenemente.

Alice estava completamente intrigada.

— As botas e os sapatos! — Ela repetiu em um tom de dúvida.

— Como seus sapatos estão lustrosos? — perguntou o Grifo. — Quero dizer, o que os torna tão brilhantes?

Alice olhou para eles e considerou um pouco antes de dar sua resposta:

— São lustrados, eu acredito.

— Botas e sapatos no fundo do mar — continuou o Grifo em uma voz profunda — são lustrados com molejo pelo badejo. Agora você sabe.

— E do que eles são feitos? — Alice questionou em um tom de grande curiosidade.

— De linguado e enguias, é claro — o Grifo respondeu impacientemente. — Qualquer camarão poderia ter lhe dito isso.

— Se eu fosse o badejo — disse Alice, cujos pensamentos ainda estavam em andamento com a música —, teria dito à foca: Afaste-se, por favor. Não queremos *você* conosco.

— Eles foram obrigados a tê-la — falou a Tartaruga Falsa. — Nenhum peixe sábio iria a lugar algum sem uma foca.

— Não iria mesmo? — questionou Alice em um tom de grande surpresa.

— É claro que não — respondeu a Tartaruga Falsa —, ora, se um peixe vier até mim e me disser que estava viajando, eu deveria perguntar: "Qual a foca da sua viagem?".

— Você não quis dizer: "foco"? — perguntou Alice.

— Eu quis dizer o que falei — a Tartaruga Falsa respondeu em um tom ofendido.

E o Grifo acrescentou:

— Venha, vamos ouvir algumas de suas aventuras.

— Eu poderia contar minhas aventuras a partir desta manhã — disse Alice um pouco timidamente. — Mas não adianta voltar para ontem, porque eu era uma pessoa diferente na época.

— Explique tudo isso — pediu a Tartaruga Falsa.

— Não, não! As aventuras primeiro — bradou o Grifo em tom impaciente. — As explicações levam um tempo tão terrível.

Então Alice começou a contar-lhes suas aventuras desde o momento em que viu o Coelho Branco. No início, ela estava um pouco nervosa com o fato das duas criaturas chegarem tão perto dela, uma de cada lado, e abrirem os olhos e bocas muito amplamente, mas ganhou coragem ao continuar. Seus ouvintes ficaram perfeitamente calados até que chegou à parte sobre repetir "Você está velho, padre William", para a Lagarta, e as palavras estavam todas diferentes. Então a Tartaruga Falsa respirou fundo e disse:

— Isso é muito curioso.

— É tudo o mais curioso possível — concordou o Grifo.

— Tudo ficou diferente! — repetiu a Tartaruga Falsa, pensativa. — Gostaria de ouvi-la tentar repetir algo agora. Diga-lhe para começar. — Ele olhou para o Grifo como se achasse que possuía algum tipo de autoridade sobre Alice.

— Levante-se e repita: "É a voz do preguiçoso" — ordenou o Grifo.

"Como as criaturas ordenam e nos fazem repetir lições! Eu poderia estar logo na escola", pensou Alice. No entanto, levantou-se e começou a repetir, mas sua cabeça estava cheia da Quadrilha da Lagosta, que mal sabia o que estava dizendo, e as suas palavras ficaram muito esquisitas:

"Esta é a voz da Lagosta; eu a ouvi declarar:
'Você me esqueceu no forno, e me deixou torrar'.
Como o pato com suas pálpebras, assim ela com seu nariz.
Se prepara, se arruma, e foge por um triz".

— Isso é diferente do que eu costumava dizer quando era pequeno — comentou o Grifo.

— Bem, nunca ouvi isso antes — afirmou a Tartaruga Falsa —, mas parece um absurdo incomum.

Alice não disse nada; sentou-se novamente com o rosto nas mãos, imaginando se alguma coisa iria acontecer de maneira natural outra vez.

— Gostaria de ter isso explicado — falou a Tartaruga Falsa.

— Ela não pode explicar — o Grifo disse às pressas —, continue com o próximo verso.

— Mas sobre as pálpebras? — a Tartaruga Falsa persistiu. — Como ele conseguiu tirá-los com o nariz, você sabe?

— Essa parte é a primeira posição da dança — divagou Alice, mas ela estava terrivelmente intrigada com a coisa toda e desejava mudar de assunto.

— Continue com o próximo verso — repetiu o Grifo, impaciente. — Ele começa: "Eu passei por seu jardim".

Alice não se atreveu a desobedecer, embora tivesse certeza de que tudo daria errado, e continuou com uma voz trêmula:

"Eu passei por seu jardim, e reparei com os olhos,
Como a coruja e a ostra, dividiam os espolhos".

— De que adianta repetir isso — interrompeu a Tartaruga Falsa —, se não explica conforme continua? É de longe a coisa mais confusa que já ouvi!

— Sim, acho melhor você parar — o Grifo pediu, e Alice ficou muito feliz em fazê-lo.

— Vamos tentar outra parte da Quadrilha da Lagosta? — sugeriu o Grifo. — Ou você gostaria que a Tartaruga Falsa cantasse uma música?

— Oh, uma música, por favor, se a Tartaruga Falsa for tão gentil, — respondeu Alice tão ansiosamente que o Grifo disse, num tom bastante ofendido:

— Hum! Não há contabilização de gostos! Cante para ela "Sopa de tartaruga", vai, companheiro?

A Tartaruga Falsa suspirou profundamente e começou, com uma voz que às vezes ficava sufocada por soluços, a cantar o seguinte:

"Tão rica e verde, era a sopa de tartaruga,
Esfriando dentro da quente sopeira.
Quem por ela não suspira e não espera?
Sopa da noite, que bela sopa!
Sopa da noite, que bela sopa!
Oh... be...la... so... pa...
Oh... be...la... so... pa...
So...pa... da... noi....te...
Bela, bela sopa!
Que bela sopa! Quem quer saber de lasanha?
De fricassê ou de galinha à francesa?
Uma sopinha quentinha na caneca
Não dá vontade de tirar uma soneca?
Oh... be...la... so... pa...
Oh... be...la... so... pa...
So...pa... da... noi....te...
Bela, bela sopa!

— O refrão de novo! — gritou o Grifo, e a Tartaruga Falsa havia apenas começado a repeti-lo quando o brado "O julgamento está começando!" foi ouvido à distância.

— Vamos lá! — bradou o Grifo e, pegando Alice pela mão, apressou-se sem esperar pelo fim da música.

— Que julgamento é esse? — Alice ofegou enquanto corria, mas o Grifo apenas respondeu "Vamos!" e correu mais rápido, enquanto as palavras melancólicas vinham mais fracamente carregadas pela brisa que os seguia:

Oh... be...la... so... pa...
Oh... be...la... so... pa...
So...pa... da... noi....te...
Bela, bela sopa!

Quem roubou as tortas?

O **Rei e a Rainha de Copas** estavam sentados em seus tronos quando eles chegaram, com uma grande multidão reunida ao redor — todos os tipos de passarinhos e bestas, além de todas as cartas do baralho. O Valete estava diante deles, acorrentado, com um soldado de cada lado para vigiá-lo, e perto do Rei estava o Coelho Branco, com uma trombeta em uma mão e um pergaminho na outra. Bem no meio do tribunal havia uma mesa com um grande prato de tortas. Elas pareciam tão boas que Alice ficou com muita fome ao olhá-las. "Eu gostaria que concluíssem o julgamento", ela pensou, "e entregassem as bebidas!". Mas parecia não haver chance disso, então ela começou a olhar para tudo ao seu redor para passar o tempo.

Alice nunca havia estado em um tribunal de justiça antes, mas lera sobre eles em livros e ficou bastante satisfeita ao descobrir que sabia o nome de quase tudo ali. "Esse é o juiz", ela disse a si mesma, "por causa de sua grande peruca".

A propósito, o juiz era o rei, e enquanto usava a coroa sobre a peruca (olhe para o frontispício, se quiser ver como ele fez isso), ele não parecia nada confortável, e certamente não ficaria enquanto a usasse.

"E essa é a bancada do júri", pensou Alice, "e essas doze criaturas" (veja bem, ela era obrigada a dizer "criaturas", porque algumas eram mamíferos e outras eram pássaros) "suponho que sejam os jurados". Ela disse essa última palavra duas ou três vezes para si mesma para se orgulhar disso, pois pensava, e com razão, que muitas poucas meninas de sua idade sabiam o significado daquilo. No entanto, também estaria correto se houvesse dito "membros do júri".

Todos os doze jurados escreviam muito atarefados em lousas.

— O que eles estão fazendo? — Alice sussurrou para o Grifo. — Eles não podem ter nada para anotar ainda, antes do início do julgamento.

— Estão anotando seus nomes — o Grifo sussurrou em resposta — por medo de esquecê-los antes do final do julgamento.

— Estúpidos! — Alice gritou com uma voz alta e indignada, mas deteve-se às pressas, pois o Coelho Branco gritou: "Silêncio na corte!", e o rei colocou os óculos e olhou ansiosamente ao redor, para descobrir quem estava falando.

Alice podia ver, como se estivesse olhando por cima dos ombros, que todos os jurados estavam escrevendo "estúpidos!" em suas lousas, e ela podia até perceber que um deles não sabia soletrar "estúpido", porque ele teve de pedir ao vizinho que lhe dissesse. "Suas lousas estarão uma grande confusão antes do fim do julgamento!", pensou Alice.

Um dos jurados tinha um giz que arranhava a lousa. Isso, é claro, Alice *não* podia suportar. Ela deu a volta na corte, ficou atrás dele, e logo encontrou uma oportunidade de pegar o giz. Ela fez isso tão rapidamente que o pobre pequeno jurado (era Bill, o Lagarto) não conseguiu entender o que havia acontecido. Então, depois de procurar por todo lado, ele foi obrigado a escrever com um dedo pelo resto do dia; e isso foi de pouca utilidade, pois não deixou marcas na lousa.

— Mensageiro, leia a acusação! — ordenou o rei.

Com isso, o Coelho Branco tocou três toques na trombeta, em seguida, desenrolou o pergaminho e leu o seguinte:

"A Rainha de Copas fez várias tortas,
Tudo em um dia de verão,
O Valete de Copas roubou as tortas,
Pensando: 'nunca descobrirão!'"

— Considerem seu veredito — o Rei disse ao júri.

— Ainda não, ainda não! — o Coelho interrompeu apressadamente. — Há muita coisa por vir antes disso!

— Chame a primeira testemunha — ordenou o Rei; e o Coelho Branco tocou três toques na trombeta e gritou:

— A primeira testemunha!

A primeira testemunha era o Chapeleiro. Ele entrou com uma xícara de chá em uma mão e um pedaço de pão com manteiga na outra.

— Peço perdão, Vossa Majestade — ele começou —, por trazê-los, mas ainda não havia terminado meu chá quando fui chamado.

— Deveria ter terminado — o Rei observou. — Quando você começou?

O Chapeleiro olhou para a Lebre de Março, que o seguira até o tribunal de braços dados com a Ratazana.

— Acho que foi no dia quatorze de março — o Chapeleiro respondeu.

— Dia quinze — a Lebre de Março interpôs.

— Dia dezesseis — acrescentou a Ratazana.

— Anotem isso — o Rei pediu ao júri, e eles anotaram as três datas em suas lousas com entusiasmo, depois somaram e reduziram as respostas a xelins e moedas.

— Tire o chapéu — o Rei ordenou ao Chapeleiro.

— Não é meu — o Chapeleiro respondeu.

— *Roubado!* — exclamou o Rei, voltando-se para o júri, que instantaneamente fez um memorando do fato.

— Eu os mantenho para vender — acrescentou o Chapeleiro como explicação. — Nenhum deles é meu. Eu sou um chapeleiro.

Foi quando a Rainha colocou os óculos e começou a encarar o Chapeleiro, que empalideceu e se remexeu.

— Entregue sua evidência — o Rei disse — e não fique nervoso, ou eu o executarei aqui mesmo.

Isso não pareceu encorajar a testemunha. Ele continuou mudando de um pé para o outro, olhando inquieto para a Rainha e, confuso, mordeu um pedaço grande da xícara de chá em vez do pão com manteiga.

Neste exato momento, Alice sentiu uma sensação muito curiosa que a deixou intrigada até ela descobrir o que era: estava crescendo novamente. A princípio, considerou se levantar e sair do tribunal, mas pensando melhor, decidiu permanecer onde estava, desde que houvesse espaço para ela.

— Gostaria que você não apertasse tanto — a Ratazana comentou, já que estava sentado ao lado dela. — Eu mal consigo respirar.

— Não posso evitar — Alice respondeu humildemente. — Estou crescendo.

— Você não tem o direito de crescer aqui — a Ratazana falou.

— Não fale bobagem — Alice disse com mais ousadia. — Você sabe que também está crescendo.

— Sim, mas eu cresço em um ritmo razoável — a Ratazana contrapôs —, não dessa maneira ridícula. — E ela se levantou de mau humor e atravessou para o outro lado da corte.

Durante todo esse tempo, a Rainha nunca parou de encarar o Chapeleiro e, quando a Ratazana atravessou a corte, ela disse a um dos oficiais:

— Traga-me a lista dos cantores do último show!

Foi quando o miserável Chapeleiro tremia tanto que sacudiu e tirou os dois sapatos.

— Entregue sua evidência — o Rei repetiu com raiva —, ou mandarei executá-lo, esteja nervoso ou não.

— Eu sou um homem pobre, Majestade — o Chapeleiro começou com uma voz trêmula —, e eu não tinha começado o meu chá, não mais de uma semana, mais ou menos, e com o pão e manteiga ficando tão escassos, e o chacoalhar do chá...

— O chacoalhar do quê? — perguntou o Rei.

— Começou com o chá — o Chapeleiro respondeu.

— É claro que chacoalhar começa com chá! — o Rei interrompeu bruscamente. — Você acha que sou ignorante? Continue!

— Eu sou um homem pobre — continuou o Chapeleiro —, e a maioria das coisas chacoalham depois disso, só que a Lebre de Março disse...

— Eu não! — a Lebre de Março interrompeu com muita pressa.
— Você sim! — afirmou o Chapeleiro.
— Eu nego! — declarou a Lebre de Março.
— Ela nega — disse o Rei. — Deixe essa parte de fora.
— Bem, de qualquer forma, a Ratazana disse... — continuou o Chapeleiro, olhando ansiosamente em volta para ver se ele também negaria. Mas a Ratazana não negou nada, pois dormia profundamente. — Depois disso, eu cortei mais pão com manteiga... — continuou o Chapeleiro.
— Mas o que a Ratazana disse? — perguntou um dos jurados.
— Isso não me lembro — respondeu o Chapeleiro.
— Você *deve* se lembrar — observou o Rei — ou mandarei executá-lo.
O miserável Chapeleiro derrubou a xícara de chá e o pão com manteiga e caiu de joelhos:
— Eu sou um homem pobre, Majestade — ele começou.
— Você é um orador muito ruim — comentou o Rei.

Nessa hora, um dos porquinhos-da-índia aplaudiu e foi imediatamente reprimido pelos oficiais do tribunal. (Como essa é uma tarefa bastante difícil, explicarei a você como foi feito. Eles tinham uma grande sacola de lona que tinha barbantes em uma das extremidades. Então eles primeiro enfiaram o porquinho-da-índia de cabeça para baixo e depois se sentaram sobre ele).

"Estou feliz por ter visto isso acontecer", pensou Alice. "Muitas vezes li nos jornais que no final dos julgamentos, 'houve alguma tentativa de aplausos, que foi imediatamente reprimida pelos oficiais do tribunal', e nunca entendi o que isso significava até agora".

— Se isso é tudo que sabe sobre isso, você pode descer — continuou o Rei.

— Não posso descer — o Chapeleiro disse — Estou no chão, como pode ver.

— Então pode se sentar — respondeu o Rei. Nesse momento, outro porquinho-da-índia aplaudiu e foi reprimido.

"Vamos, isso acabou com os porquinhos-da-índia!", pensou Alice.

— Agora nos sairemos melhor.

— Prefiro terminar o meu chá — pediu o Chapeleiro, com um olhar ansioso para a Rainha, que estava lendo a lista de cantores.

— Você pode ir — falou o Rei, e o Chapeleiro saiu às pressas da corte, sem sequer esperar para calçar os sapatos.

— ...e apenas cortem-lhe a cabeça do lado de fora — acrescentou a Rainha a um dos oficiais, mas o Chapeleiro estava fora de vista antes que o oficial pudesse chegar à porta.

— Chame a próxima testemunha! — ordenou o Rei.

A testemunha seguinte foi a cozinheira da Duquesa. Ela carregava a caixa de pimenta na mão e Alice adivinhou quem era, mesmo antes de entrar na corte, pelo jeito que as pessoas próximas à porta começaram a espirrar de uma vez só.

— Entregue sua evidência — pediu o Rei.

— Não vou — declarou a cozinheira.

O rei olhou ansiosamente para o Coelho Branco, que disse em voz baixa:

— Sua Majestade deve interrogar esta testemunha.

— Bem, se devo, devo — o Rei disse com um ar melancólico e, depois de cruzar os braços e franzir a testa para a Cozinheira até que seus olhos quase não eram vistos, disse em uma voz profunda: — De que as tortas são feitas?

— Principalmente, pimenta — a Cozinheira respondeu.

— Melaço — disse uma voz sonolenta atrás dela.

— Capture essa Ratazana! — a Rainha gritou. — Decapite-a! Tire-a do tribunal! Sufoque-a! Aperte-a! Arranque os seus bigodes!

Por alguns minutos, toda a corte ficou confusa, tentando expulsar a Ratazana, e quando se estabeleceram novamente, a Cozinheira havia desaparecido.

— Não importa! — o Rei disse com um ar de grande alívio. — Chame a próxima testemunha. — E acrescentou em voz baixa à Rainha: — Realmente, minha querida, você deve interrogar a próxima testemunha. Isso faz a minha cabeça doer!

Alice assistiu o Coelho Branco enquanto ele se atrapalhava com a lista, sentindo-se muito curiosa para ver qual seria a próxima testemunha, "porque eles ainda não têm muita evidência", disse a si mesma. Imagine sua surpresa quando o Coelho Branco leu, no alto de sua voz estridente, o nome

A Evidência de Alice

Aqui! — exclamou Alice, esquecendo-se, no momento da agitação, que crescera nos últimos minutos, e pulou com tanta pressa que derrubou a bancada do júri com a ponta da saia, deixando todos os jurados de ponta cabeça na multidão lá embaixo, e ali esparramados, a lembrava muito de um aquário de peixe-dourado que ela acidentalmente derrubara na semana anterior.

— Oh, eu imploro seu perdão! — exclamou em tom de grande consternação, e começou a pegá-los novamente o mais rápido possível, pois o acidente do peixe-dourado continuava passando em sua cabeça, e ela tinha a vaga ideia de que deveriam ser coletados de uma só vez e recolocados na bancada de júri, ou eles morreriam.

— O julgamento não pode prosseguir — o Rei declarou em uma voz muito grave — até que todos os jurados estejam de volta aos seus devidos lugares. Todos. — Ele repetiu com grande ênfase, olhando com firmeza para Alice enquanto dizia.

Alice olhou para a bancada do júri e viu que, na pressa, colocara o Lagarto de cabeça para baixo, e o coitadinho estava agitando o rabo de uma maneira melancólica, sendo incapaz de se mover. Ela logo o puxou e o ajeitou. "Não que isso signifique muito", disse para si mesma, "acho que seria tão útil no julgamento de uma maneira como de outra".

Assim que o júri se recuperou um pouco do choque de ficar de cabeça para baixo, e suas lousas e gizes foram encontrados e devolvidos, eles começaram a trabalhar muito diligentemente para escrever a história do acidente. Todos, exceto o Lagarto, que parecia derrotado demais para fazer qualquer coisa além de se sentar com a boca aberta, olhando para o teto da corte.

— O que sabe sobre esse caso? — perguntou o Rei a Alice.

— Nada — respondeu Alice.

— *Absolutamente* nada? — persistiu o Rei.

— Absolutamente nada— confirmou Alice.

— Isso é muito importante — disse o Rei, voltando-se para o júri. Eles apenas estavam começando a escrever nas lousas, quando o Coelho Branco interrompeu:

— Sem importância, Sua Majestade quis dizer, é claro — ele falou em um tom respeitoso, mas franzindo a testa e fazendo caretas enquanto falava.

— Sem importância, é claro, eu quis dizer — o Rei disse apressadamente, e continuou consigo mesmo em tom baixo: "importante, sem importância, sem importância, importante", como se estivesse tentando ver quais palavras soavam melhor.

Alguns dos jurados escreveram "importante" e outros "sem importância". Alice podia ver isso, pois estava perto o suficiente para examinar as lousas. "Mas isso não importa nem um pouco", pensou consigo mesma.

Nesse momento, o Rei, que já estava há algum tempo ocupado escrevendo em seu caderno, gritou: "Silêncio!" e leu em seu livro:

— Regra número quarenta e dois: Todas as pessoas com mais de mil e seiscentos metros de altura devem deixar a corte.

Todo mundo olhou para Alice.

— Não tenho mil e seiscentos metros de altura — afirmou Alice.

— Você tem — o Rei contrapôs.

— Quase dois mil metros — acrescentou a Rainha.

— Bem, eu não vou, de qualquer maneira — disse Alice. — Além disso, essa não é uma regra comum: você a inventou agora.

— É a regra mais antiga do livro — afirmou o Rei.

— Então deveria ser a número um — replicou Alice.

O rei empalideceu e fechou o caderno às pressas.

— Considere seu veredito — ele pediu ao júri, em voz baixa e trêmula.

— Por favor, Majestade, ainda há mais evidências — intercedeu o Coelho Branco, pulando com muita pressa. — Esse documento acabou de ser apreendido.

— O que há nele? — perguntou a Rainha.

— Ainda não o abri — respondeu o Coelho Branco —, mas parece ser uma carta, escrita pelo prisioneiro para... para alguém.

— Deve ter sido isso — o Rei falou —, a menos que tenha sido escrito para ninguém, o que não é comum, você sabe.

— Para quem está endereçada? — um dos jurados questionou.

— Não está endereçada a ninguém — disse o Coelho Branco. — De fato, não há nada escrito do lado de fora. — Ele desdobrou o papel enquanto falava e acrescentou: — Afinal não é uma carta; é um conjunto de versos.

— É a caligrafia do prisioneiro? — perguntou outro jurado.

— Não, não é — o Coelho respondeu. — E isso é a coisa mais estranha.

(Todos os jurados pareciam intrigados).

— Ele deve ter imitado a letra de outra pessoa — o Rei observou.

(O júri voltou a se animar).

— Por favor, Vossa Majestade — falou o Valete —, eu não escrevi e eles não podem provar que fui eu. Não há nome assinado no final.

— Se você não assinou — disse o Rei —, só piora a situação. Deve ter feito alguma coisa errada, ou teria assinado seu nome como um homem honesto.

Com isso, houve um bater de palmas geral: foi a primeira coisa realmente inteligente que o Rei disse naquele dia.

— Isso prova sua culpa — confirmou a Rainha.

— Não prova nada! — interpôs Alice. — Ora, vocês nem sabem do que se trata!

— Leia-o — ordenou o Rei.

O Coelho Branco colocou seus óculos.

— Por favor, Majestade, por onde devo começar? — perguntou.

— Comece do começo — falou o Rei, seriamente — e continue até chegar ao fim. Depois pare.

Estes foram os versos que o Coelho Branco leu:

"Soube que de mim com ela falaste
E com ele foste me irritar,
Ela disse que tenho caráter e arte,
Só é pena que não sei nadar.

Ele mandou dizer que eu partira
(Sabíamos que era verdade).
Se ela descobrisse a mentira,
Qual seria tua realidade?

Dei uma pra ela, pra ele deram duas;
Tu nos deste três ou mais.
Mas a mim não chegaram jamais.
Todas voltaram para as mãos suas.

Se em toda essa confusão
Ela ou eu andássemos metidos,
Ele sabe que os livraria da prisão
Completamente absolvidos.

Sabe, eu andava desconfiado
(Antes de teu ataque)
Que tu trocavas de lado
Entre ele, eu e nós, a cada baque.

Não lhe contes que ela lhes deu sua aprovação,
Pois este sempre vai ser
Um segredo, guardado no coração,
Entre mim e você.

— Essa é a evidência mais importante que já ouvimos — comentou o Rei, esfregando as mãos. — Então agora deixe o júri...

— Se alguém puder explicar isso — pediu Alice (ela cresceu tanto nos últimos minutos que não teve medo de interrompê-lo) —, darei seis centavos. Não acredito que haja um átomo de significado nisso.

Todo o júri anotou em suas lousas: "Ela não acredita que exista um átomo de significado nisso", mas nenhum deles tentou explicar o texto.

— Se não há sentido nisso — falou o Rei —, isso salva um mundo de problemas, você sabe, pois não precisamos tentar encontrar nenhum. E, no entanto, eu não sei — continuou ele, estendendo os versos sobre o joelho e olhando-os de esguelha —, parece que, afinal, vejo algum significado neles... "Só é pena que não saiba nadar"... Você não sabe nadar, sabe? — acrescentou, virando-se para o Valete.

O Valete balançou a cabeça tristemente.

— Pareço que consigo? — ele disse. (O que certamente *não* parecia, sendo inteiramente feito de papelão).

— Tudo certo, até agora — o Rei notou, e continuou murmurando os versos para si mesmo: *"Sabíamos que era verdade..."*, esse é o júri, é claro. *"Dei uma para ela, para ele deram duas"*. Ora, isso deve ser o que ele fez com as tortas, você sabe.

— Mas, continua: *"Todas voltaram para as mãos suas"* — Alice observou.

— Ora, lá estão elas! — o Rei falou triunfantemente, apontando as tortas na mesa. — Nada pode ser mais claro do que isso. Então, novamente, *"antes de teu ataque";* você nunca teve ataques, eu acho, minha querida? — perguntou à Rainha.

— Nunca! — A Rainha respondeu furiosamente, jogando um tinteiro no Lagarto enquanto falava.

(O infeliz do Bill havia deixado de escrever em sua lousa com um dedo, pois não fazia nenhuma marca, mas agora começou a usar a tinta que escorria pelo rosto apressadamente, enquanto durasse.)

— Então as palavras não vão te atacar — disse o Rei, olhando ao redor da corte com um sorriso. Houve um silêncio mortal. — É um trocadilho! — o Rei acrescentou com raiva, e todos riram. — Que o júri considere seu veredito — pediu pela vigésima vez naquele dia.

— Não, não! — exclamou a Rainha. — Sentença primeiro, veredito depois.

— Que besteira! — Alice gritou bem alto. — A ideia de ter a sentença primeiro!

— Segure sua língua! — a Rainha ordenou, ficando roxa.

— Eu, não! — respondeu Alice.

— Cortem-lhe a cabeça! — A Rainha gritou com o máximo da voz. Ninguém se mexeu.

— Quem se importa com vocês? — interpôs Alice (ela já havia crescido até o seu tamanho real). — Vocês não passam de um baralho de cartas!

Com isso, todo baralho se levantou e voou sobre ela, que deu um gritinho, meio de medo e meio de raiva, e tentou se livrar deles. Ela se viu deitada no banco, com a cabeça no colo da irmã, que estava gentilmente tirando do seu rosto algumas folhas mortas que tremulavam das árvores.

— Acorde, Alice, querida! — disse a irmã. — Ora, que sono prolongado você teve!

— Ah, eu tive um sonho tão curioso! — exclamou Alice. E ela contou à irmã, o quão bem podia se lembrar, de todas essas estranhas aventuras sobre as quais você acabou de ler. Quando terminou, sua irmã a beijou e disse:

— Certamente foi um sonho curioso, querida. Mas agora corra para o seu chá, está ficando tarde.

Então Alice se levantou e correu, pensando enquanto corria, que sonho maravilhoso havia tido.

Mas sua irmã ficou sentada enquanto ela foi embora, apoiando a cabeça na mão, observando o pôr do sol e pensando na pequena Alice e em todas as suas maravilhosas aventuras, até que ela também começou a sonhar de certa maneira, e esse era o seu sonho:

Primeiro, ela sonhou com a pequena Alice — mais uma vez, as mãos minúsculas apertavam seu joelho e os olhos brilhantes e ansiosos a olhavam, ela podia ouvir os tons de sua voz e ver aquela pequena e estranha sacudida da cabeça para afastar o cabelo errante que sempre entrava em seus olhos – e mesmo assim, enquanto ela ouvia, ou parecia ouvir, todo lugar ao seu redor ficou vivo com as estranhas criaturas do sonho de sua irmãzinha.

A grama alta farfalhou aos seus pés quando o Coelho Branco passou apressado... o assustado Rato atravessando a lagoa vizinha. Ela podia ouvir o barulho das xícaras de chá enquanto a Lebre de Março e seus amigos compartilhavam sua eterna refeição; e a voz estridente da Rainha ordenando que seus infelizes convidados fossem executados mais uma vez; o bebê-porco estava espirrando no joelho da Duquesa, enquanto prato atrás de prato eram jogados em torno deles. Mais ainda, o grito do Grifo, o ranger do giz na lousa do Lagarto, os engasgos reprimidos dos porquinhos-da-índia encheram o ar, misturados com os soluços distantes da miserável Tartaruga Falsa.

Então ela se sentou, com os olhos fechados, e meio que acreditou no País das Maravilhas, embora soubesse que teria de abri-los novamente e tudo mudaria para uma realidade enfadonha — a grama só estaria farfalhando ao vento, e a lagoa ondulando no acenar dos juncos; as xícaras de chá barulhentas mudariam para sinos tilintantes de ovelhas, e a estridente voz da Rainha para a voz do pastor; o espirro do bebê, o grito do Grifo e todos os outros ruídos estranhos mudaria (ela sabia) para o clamor confuso e ativo do quintal da fazenda, enquanto o mugir do gado à distância ocuparia o lugar dos soluços pesados da Tartaruga Falsa.

Por fim, imaginou como essa mesma irmãzinha, posteriormente, seria uma mulher adulta; e como ela manteria, durante todos os seus anos mais maduros, o coração simples e amoroso de sua infância. Como ela se reuniria com seus filhos pequenos e tornaria seus olhos brilhantes e ansiosos com muitas histórias estranhas, talvez até com o sonho do País das Maravilhas de muito tempo atrás. E como ela se sentiria com todas as suas simples tristezas, e sentiria prazer em todas as suas simples alegrias, lembrando-se da própria vida infantil e dos felizes dias de verão.

ALICE
ATRAVÉS DO
ESPELHO

VERMELHO.

BRANCO.

Prefácio do Autor

Visto que o problema do xadrez, apresentado na página anterior, intrigou alguns dos meus leitores, pode ser bom explicar que ele foi corretamente resolvido, no que diz respeito às jogadas. A alternância de vermelho e branco talvez não seja tão estritamente observada quanto poderia ser, e o "enrocar" das três rainhas é apenas uma forma de dizer que entraram no palácio; no entanto, qualquer um que se esforçar para definir as peças e jogar os movimentos conforme as instruções perceberá que o "xeque" do Rei Branco na jogada 6, a captura do Cavaleiro Vermelho na jogada 7 e o "xeque-mate" do Rei Vermelho estão estritamente de acordo com as leis do jogo.

Dezembro, 1896.

O Peão Branco (Alice) vai jogar e vencer em onze lances:

1   Alice encontra a Rainha Vermelha.

2   Alice atravessa a 3ª Casa da Rainha (de trem) e chega à 4ª Casa da Rainha (Tweedledum e Tweedledee).

3   Alice encontra a Rainha Branca (de xale).

4   Alice passa à 5ª Casa da Rainha (loja, rio, loja).

5   Alice passa à 6ª Casa da Rainha (Humpty Dumpty).

6   Alice passa à 7ª Casa da Rainha (floresta).

7   Cavaleiro Branco toma do Cavaleiro Vermelho.

8   Alice passa à 8ª Casa da Rainha (coroação).

9   Alice torna-se Rainha.

10   Alice dá um banquete.

11   Alice toma a Rainha Vermelha e vence.

Lances da Rainha

1. Rainha Vermelha passa à 4ª Casa da Torre do Rei

2. Rainha Branca passa à 4ª Casa do Bispo da Rainha (em busca do xale)

3. Rainha Branca passa à 5ª Casa do Bispo da Rainha (e se torna ovelha)

4. Rainha Branca passa à 8ª Casa do Bispo do Rei (deixa o ovo na prateleira)

5. Rainha Branca passa à 8ª Casa do Bispo do Rainha (fugindo do Cavaleiro Vermelho)

6. Cavaleiro Vermelho passa à 2ª Casa do Rei (xeque)

7. Cavaleiro Branco passa à 5ª Casa do Bispo do Rei

8. Rainha Vermelha passa à casa do Rei (exame)

9. As rainhas rocam

10. Rainha Branca passa à 6ª Casa da Rainha Vermelha (sopa)

Capítulo I

A Casa do Espelho

Uma coisa era certa: a gatinha branca não tinha nada a ver com isso; a culpa era inteiramente da gatinha preta. Pois nos últimos quinze minutos a gatinha branca vinha sendo limpa pela velha gata (e aguentando muito bem, considerando tudo); então percebe-se que não poderia ter feito nenhuma estripulia.

Dinah limpava o rosto dos filhotes da seguinte forma: primeiro, usava uma das patas para segurar o pobre coitado pela orelha, e depois, com a outra, esfregava-lhe a cara toda do lado contrário, a começar pelo focinho. E agora, como disse, estava se dedicando arduamente na gatinha branca, que estava deitada quietinha e tentava ronronar – certamente sentindo que tudo aquilo era para o seu bem.

Mas a gatinha preta havia sido limpa no início da tarde. Assim, enquanto Alice estava aconchegada em um canto da poltrona, meio conversando consigo mesma e meio adormecida, a gatinha brincava com a bola de lã que Alice tentara enrolar, e rolava para cima e para baixo, até que tudo se desfizesse novamente. E lá estava o novelo de lã no tapete da lareira, cheia de nós e emaranhados, com a gatinha correndo atrás de sua própria cauda.

— Oh, sua coisinha malvada! — exclamou Alice, pegando a gatinha e dando-lhe um beijo para que entendesse que estava encrencada. — Oras, a Dinah deveria ter lhe ensinado boas maneiras! Você deveria mesmo, Dinah, sabe disso! — acrescentou com o tom mais irritado que conseguiu reunir e lançou um olhar reprovador para a gata velha. Depois, voltou para a poltrona, levando a gatinha e a lã consigo, e tornou a enrolar em bola novamente. Mas fez tudo de forma lenta, pois conversava o tempo todo, às vezes com a gatinha e às vezes consigo mesma. A gatinha sentou-se recatadamente no joelho, fingindo observar o progresso do enrolamento, e vez ou outra estendia uma pata e tocava a bola suavemente, dando a entender que teria prazer em ajudar, se pudesse.

— Sabe que dia é amanhã, Kitty? — começou Alice. — Você teria adivinhado se estivesse na janela comigo, mas Dinah estava te limpando, então não teve como. Eu estava assistindo aos garotos levando os gravetos para a fogueira. E quantos gravetos, Kitty! Só que ficou tão frio e nevou tanto, que tiveram que parar. Não se preocupe, Kitty, que iremos ver a fogueira amanhã.

Então Alice enrolou duas ou três voltas da lã no pescoço da gatinha, apenas para ver como ficaria. Isso causou um alvoroço, e o novelo rolou pelo chão e vários metros se desenrolaram.

— Sabe, eu estava com tanta raiva, Kitty — prosseguiu Alice assim que se acomodaram confortavelmente de novo —, quando vi todas as travessuras que você estava fazendo. Eu estava prestes a abrir a janela para colocá-la na neve! E você teria merecido, sua criaturinha bagunceira! O que tem a dizer como desculpa? Agora, não me interrompa! — continuou, levantando um dedo. — Vou lhe contar todas as suas falhas. Número um: você reclamou duas vezes enquanto Dinah limpava seu rosto esta manhã. Não, não pode negar, Kitty, eu escutei! O que me diz? — (Fingindo que a gatinha estava falando). — A pata dela entrou nos seus olhos? Bem, a culpa é sua, por manter os olhos abertos. Se os tivesse fechado com força, isso não teria acontecido. Agora, chega de desculpas. Apenas me escute! Número dois: você puxou a Floco de Neve pelo rabo, assim que coloquei o pires de leite diante dela! Você estava com sede? Como sabe que ela também não estava? Agora, a número três: você desenrolou toda a lã enquanto eu não estava olhando!

— São três falhas, Kitty, e ainda não foi punida por nenhuma delas. Você sabe que estou guardando todos os seus castigos para quarta-feira desta semana. Imagine só se tivessem guardado todos os meus castigos! — falou mais consigo mesmo do que com a gatinha. — O que fariam ao fim de um ano? Acho que, quando o dia chegasse, eu deveria ser mandada para prisão. Ou... deixe-me ver... imagine que cada punição fosse ficar sem jantar. Então, quando esse horrível dia chegasse, eu teria de ficar sem cinquenta jantares de uma vez! Bem, não deveria me importar tanto! Prefiro ficar sem eles do que comê-los!

— Está ouvindo a neve contra as vidraças, Kitty? Que som mais suave e agradável! Como se alguém estivesse beijando a janela do lado de fora. Gostaria de saber se a neve ama as árvores e os campos, já que os beija tão gentilmente? E então os cobre de forma tão confortável, sabe, com uma colcha branca; e talvez diga: 'Durmam, queridos, até o verão voltar'. E quando acordam no verão, Kitty, vestem-se de verde e dançam sempre que o vento sopra. Oh, isso é tão bonito! — exclamou Alice, largando o novelo de lã para bater palmas. — E desejo tanto que seja verdade! Tenho certeza de que a floresta parece sonolenta no outono, quando as folhas estão ficando marrons.

— Kitty, você consegue jogar xadrez? Ora, não sorria, minha querida, porque estou perguntando a sério. Pois, quando estávamos jogando agora, você observou como se entendesse; e quando eu disse "Xeque!", você ronronou! Bem, foi um bom xeque, Kitty, e realmente poderia ter vencido, se não fosse por esse Cavaleiro desagradável que veio perambular entre minhas peças. Kitty, querida, vamos fazer de conta que... — E aqui eu gostaria de poder contar metade das coisas que Alice costumava dizer, começando com sua frase favorita: "Vamos fazer de conta". Ela tivera uma longa discussão com a irmã no dia anterior – tudo porque Alice começou com "Vamos fazer de conta que somos reis e rainhas", e sua irmã, que gostava muito de ser precisa, argumentou que não podiam, porque eram apenas duas. Por fim, restou a Alice dizer: "Bem, você pode ser uma delas que serei o resto". E uma vez ela realmente assustara a antiga babá, gritando subitamente em seu ouvido: "Babá! Vamos fazer de conta que sou uma hiena esfomeada e você é uma carcaça".

Mas isso está nos desviando do discurso de Alice para a gatinha:

— Vamos fazer de conta que você é a Rainha Vermelha, Kitty! Sabe, se você se sentasse e cruzasse os braços, seria igualzinha a ela. Agora tente, minha querida! — E Alice tirou a Rainha Vermelha da mesa e colocou-a diante da gatinha para que servisse como modelo. Não teve muito sucesso, no entanto; principalmente, segundo Alice, porque a gatinha não cruzava os braços do jeito certo. Então, para puni-la, segurou-a em frente ao Espelho, para que visse o quanto estava carrancuda...

— E se não consertar essa cara — acrescentou ela —, faço você atravessar pela Casa do Espelho. O que acha *disso*?

— Bem, se ficar comportada, sem falar, lhe contarei todas as minhas ideias sobre a Casa do Espelho. Primeiro, há a sala que você pode ver através do vidro. É igual à nossa sala de estar, só que as coisas ficam para o outro lado. Posso ver tudo isso quando me sento em uma cadeira – tudo, exceto a parte de trás da lareira. Oh! Eu bem queria ver esse pedaço! Quero muito saber se eles a acendem no inverno. Nunca dá para saber, a menos que nosso fogo esfumace, e então a fumaça aparece naquela sala também. Mas isso pode ser apenas fingimento, só para dar impressão que acenderam o fogo. Bem, então os livros têm alguma semelhança com os nossos, mas as palavras estão invertidas. Sei disso porque segurei um dos nossos livros em frente ao espelho e eles seguraram um na outra sala.

— Você gostaria de morar na Casa do Espelho, Kitty? Será que lá lhe dariam leite? Talvez leite de espelho não seja bom para beber. Mas oh, Kitty! Agora chegamos ao corredor. Você pode espiar um pouquinho do corredor da Casa do Espelho, se deixar a porta da nossa sala bem aberta. É bem parecido com o nosso, até onde se pode ver, mas pode ser diferente mais adiante. Oh, Kitty! Que bom seria se pudéssemos entrar na Casa do Espelho!

— Tenho certeza de que tem coisas tão bonitas, oh, sim! Vamos fazer de conta que existe uma forma de entrar nela, Kitty. Vamos fazer de conta que o espelho ficou macio como uma neblina, para podermos atravessá-lo. Ora, está se transformando em uma espécie de névoa! Vai ser bem fácil atravessar... — Ela estava em cima da cornija da lareira enquanto dizia isso, embora não fizesse ideia de como havia ido parar lá. E, certamente, o espelho estava começando a derreter, como uma névoa prateada e brilhante.

No instante seguinte, Alice passara através do espelho e saltara para a sala da Casa do Espelho. A primeira coisa que fez foi verificar se havia fogo na lareira, e ficou bastante satisfeita ao descobrir que havia um fogo real, brilhando tão intensamente quanto o que ela deixara para trás. "Então ficarei tão aquecida aqui quanto era na antiga sala", pensou Alice; "mais aquecida, na verdade, porque não haverá ninguém aqui para me levar para longe do fogo. Ah, será divertido quando me virem aqui através do vidro e não conseguirem me pegar!"

Então, começou a olhar ao redor e percebeu que o que podia ser visto na sala antiga

era bastante comum e desinteressante, mas que todo o resto era o mais diferente possível. As fotos na parede ao lado da lareira, por exemplo, pareciam estar vivas, e o próprio relógio sobre a cornija (você sabe que só pode ver o fundo dele no espelho) tinha o rosto de um velhinho, e sorriu para ela.

"Eles não mantêm esse cômodo tão arrumado quanto o outro", pensou Alice, ao notar várias peças de xadrez jogadas entre as cinzas da lareira. Porém, em outro momento, com um pequeno "Oh!" de surpresa, ela se ajoelhou para observá-las. As peças de xadrez estavam andando, de duas em duas!

— Aqui estão o Rei Vermelho e a Rainha Vermelha — disse Alice em um sussurro, por medo de assustá-los. — E ali estão o Rei Branco e a Rainha Branca, sentados na beira da pá. E aqui estão duas Torres andando de braços dados. Não acho que possam me ouvir — continuou ela, aproximando-se —, e tenho quase certeza de que não podem me ver. Sinto como se estivesse invisível...

Então, algo começou a guinchar na mesa atrás de Alice, e a menina virou a cabeça bem a tempo de ver um dos Peões Brancos rolar e começar a chutar. Observou-o atentamente, pois estava curiosa para ver o que aconteceria a seguir.

— É a voz da minha filha! — gritou a Rainha Branca e passou correndo pelo Rei com tanta pressa que o derrubou entre as cinzas. — Minha preciosa Lily! Minha gatinha imperial! — E começou uma subida alvoroçada pela lateral do guarda-fogo.

— Patetice imperial! — exclamou o Rei, esfregando o nariz, que havia machucado na queda. Ele tinha o direito de ficar um pouco irritado com a Rainha, visto que estava coberto de cinzas da cabeça aos pés.

Alice estava ansiosa por ser útil e, quando a pobrezinha da Lily estava a ponto de ter uma crise de tanto berrar, pegou a Rainha e rapidamente a depositou sobre a mesa, junto de sua filhinha escandalosa.

A Rainha arfou e sentou-se: a rápida viagem pelo ar havia lhe tirado o fôlego e, por um minuto ou dois, ela não pôde fazer nada além de abraçar a pequena Lily em silêncio. Assim que recuperou o fôlego, chamou o Rei Branco, que estava sentado entre as cinzas, com a cara emburrada:

— Cuidado com o vulcão!

— Que vulcão? — quis saber o Rei, lançando um olhar ansioso para a lareira, como se achasse que era o lugar mais provável para encontrar um.

— Ele... me... assoprou... — ofegou a Rainha, que ainda estava um pouco sem fôlego. — Cuidado na hora de subir... do jeito normal... não seja assoprado!

Alice observou enquanto o Rei Branco se debatia lentamente de barra em barra, até que ela finalmente disse:

— Ora, desse jeito levará horas e horas para chegar em cima da mesa. Seria muito melhor se eu o ajudasse, não acha? — Mas o Rei não prestou atenção à pergunta. Ficou claro que ele não podia vê-la ou ouvi-la.

Então Alice o pegou com muita delicadeza e o ergueu mais devagar do que havia levantado a Rainha, para que ele não perdesse o fôlego. Antes de colocá-lo na mesa, contudo, pensou que poderia muito bem espaná-lo um pouco, pois estava coberto de cinzas.

Mais tarde, ela contou que, em toda a sua vida, nunca havia visto uma expressão como a que o Rei fez ao se ver suspenso no ar por uma mão invisível que o espanava. Ele ficou surpreso demais para gritar, mas seus olhos e sua boca foram ficando cada vez maiores, cada vez mais redondos, até que a mão de Alice tremia tanto com a gargalhada que ela quase o deixou cair no chão.

— Oh, *por favor*, não faça essas caras, meu querido! — gritou, esquecendo-se de que o Rei não podia ouvi-la. — Você me fez rir tanto que mal consigo segurá-lo! E não fique com a boca tão aberta! Entrará cinzas... Pronto, agora acho que está arrumado o suficiente! — acrescentou enquanto lhe alisava os cabelos e o colocava sobre a mesa, bem ao lado da Rainha.

O Rei tombou de costas de imediato, e continuou perfeitamente imóvel. Alice ficou um pouco alarmada com o que fizera e percorreu o cômodo para ver se encontrava água para jogar nele. Porém, não encontrou nada além de um tinteiro e, quando voltou, percebeu que o Rei havia se recuperado e conversava com a Rainha em um sussurro assustado – tão baixo que Alice mal podia ouvir o que diziam.

O Rei estava dizendo:

— Garanto-lhe, minha querida, que fiquei gelado até a ponta dos meus bigodes!

Ao que a Rainha respondeu:

— Você não tem bigodes.

— O horror daquele momento — continuou o Rei. — Eu nunca, *nunca* esquecerei!

— Mas vai esquecer — falou a Rainha —, a menos que anote.

Alice olhou com grande interesse quando o Rei tirou um enorme livro do bolso e começou a anotar. De repente, ocorreu-lhe uma ideia e ela segurou a ponta do lápis, que ultrapassava o ombro do Rei, e começou a escrever por ele.

O pobre Rei pareceu intrigado e infeliz, e lutou com o lápis por um tempo sem dizer nada. Alice, porém, era forte demais para ele, que por fim ofegou:

— Minha querida! Realmente preciso pegar um lápis menor. Não consigo controlar este... escreve todo tipo de coisas que não pretendo...

— Que tipo de coisas? — perguntou a Rainha, espiando o livro (no qual Alice havia escrito: "O Cavaleiro Branco está escorregando pelo atiçador. Ele se equilibra muito mal").

— Isso não é uma anotação dos *seus* sentimentos!

Havia um livro sobre a mesa, perto de Alice, e enquanto observava o Rei Branco (pois ainda estava um pouco ansiosa em relação a ele, e estava pronta a jogar-lhe a tinta, caso ele desmaiasse novamente), folheou as páginas para encontrar uma parte que pudesse ler, "pois está tudo em algum idioma que não conheço", disse para si mesma.

Era assim:

ETRADAUGAJ

setnagerrocse soded so e, ozitnahlirb are omoC
sadnosrep e savac as oriG
sevogorob so marof sodnacimim sodoT
aliugirtse sodidrevrop omom o E.

Ela ficou intrigada por um tempo, mas, por fim, teve uma ideia brilhante:

— Ora, é um livro de espelho, é claro! E se eu o segurar em frente a um espelho, todas as palavras seguirão a ordem certa de novo.

Este foi o poema que Alice leu:

JAGUADARTE

Como era brilhantizo, e os dedos escorregantes
Giro as cavas e persondas;
Todos mimicandos foram os borogoves,
E o momo porverdidos estriguila.

"Cuidado com o Jaguadarte, meu filho!"
Os maxilares que mordem, as garras que fincam!
Cuidado com o pássaro Jubjub e evite
O frenético Capturandam!"

Ele pegou sua espada vorpal na mão:
Faz tempo que o inimigo manxome que ele procurava...
Então ele descansou perto da árvore Tumtum,
E ficou um pouco em pensamento.

O Jaguadarte com olhos de fogo,
Veio soprando através da madeira tulgey,
E borbulhou como veio!
Um, dois! Um, dois! E através e através
A lâmina vorpal deu um risinho de riso!
O deixou morto e com a cabeça
E voltou em disparada.
"E mataste a Jaguadarte?
Venha para os meus braços, meu garoto radiante!
Ó dia fabrioso! Calloh! Callay!"
Ele riu de alegria.

Como era brilhantizo, e os dedos escorregantes
Giro as cavas e persondas;
Todos mimicandos foram os borogoves,
E o momo porverdidos estriguila.

— Parece muito bonito — comentou ao terminar —, mas é um pouco difícil de entender! — (Veja bem, ela não queria admitir, nem para si mesma, que não conseguiu entender nada.) — De alguma forma, parece encher minha cabeça com ideias... mas não sei exatamente quais são! Porém, *alguém* matou *alguma coisa*; isso está evidente, de qualquer forma...

"Mas, oh!", pensou Alice, pulando de súbito, "se não me apressar, terei de voltar pelo Espelho, antes de ver como é o resto da casa! Vou dar uma olhada no jardim primeiro!".

Em questão de segundos, ela saiu da sala e desceu correndo as escadas – não exatamente correndo, mas uma forma que havia inventado para descer as escadas de maneira rápida e fácil, como Alice disse a si mesma. Manteve apenas as pontas dos dedos no corrimão e flutuou suavemente sem sequer tocar as escadas com os pés; então flutuou pelo corredor e teria ido direto para a porta da mesma maneira, se não tivesse agarrado o batente da porta. Estava ficando um pouco tonta com isso tudo, e sentiu-se bastante feliz ao se encontrar andando da maneira natural novamente.

CAPÍTULO II

O Jardim de Flores Vivas

"Vou conseguir ver o jardim muito melhor", disse Alice para si mesma, "se puder chegar ao topo daquela colina. E aqui está um caminho que leva direto a ela... pelo menos... não, não, faz isso". (Depois de percorrer alguns metros ao longo do caminho e virar várias vezes). "Mas suponho que levará no fim das contas. Mas como são curiosas todas essas voltas! Parece mais um saca-rolhas do que um caminho! Bem, acho que essa curva vai para a colina... Não, não! Vai direto para a casa! Bem, então tentarei ir pelo outro lado".

E foi o que fez: vagou para cima e para baixo, tentou curva após curva, mas sempre voltava para a casa, independentemente do que fizesse. De fato, uma vez, quando fez uma curva mais rapidamente do que o normal, ela acabou trombando com a casa antes que pudesse evitar.

— Não adianta falar sobre isso — declarou Alice, olhando para a a casa e fazendo de conta que estava discutindo com ela. — Ainda não vou entrar novamente. Sei que deveria passar pelo espelho de novo, de volta à antiga sala, e esse seria o fim de todas as minhas aventuras!

Então, deu as costas para a casa de forma decidida e partiu mais uma vez pelo caminho, determinada a seguir em frente até chegar à colina. Tudo correu bem por alguns minutos, e ela acabara de dizer

"Vou conseguir desta vez", quando o caminho deu uma reviravolta repentina e se sacudiu (como ela descreveu depois), e no momento seguinte ela se viu entrando na porta.

— Oh, que pena! — choramingou. — Nunca vi uma casa tão intrometida assim! Nunca!

No entanto, lá estava a colina, à vista, então não havia nada a ser feito a não ser recomeçar. Dessa vez, deparou-se com um canteiro de flores grandes, com uma borda de margaridas e um salgueiro crescendo no meio.

— Ó Lírio-tigre! — chamou Alice, dirigindo-se a uma flor que balançava graciosamente com o vento. — *Gostaria* que pudesse falar!

— Nós *podemos* — respondeu o Lírio-tigre —, quando há alguém com quem valha a pena falar.

Alice ficou tão abismada que permaneceu um minuto em silêncio. Quase parecia que perdera o fôlego. Por fim, enquanto o Lírio-tigre continuava apenas tremulando, ela falou novamente, com uma voz tímida, quase em um sussurro:

— E todas as flores podem falar?

— Tão bem quanto *você* — respondeu o Lírio-tigre. — E muito mais alto.

— Seria rude de nossa parte começar, sabe — falou a Rosa —, e realmente estava me perguntando quando você falaria! Disse comigo: "O semblante dela lembra *alguma coisa*, apesar de não ser inteligente!". Ainda assim, você é da cor certa, e isso ajuda bastante.

— Não me importo com a cor — comentou o Lírio-tigre. — Se apenas as pétalas dela se enrolassem um pouco mais, ela ficaria bem.

Alice não gostou nada de ser criticada, então começou a fazer perguntas:

— Às vezes não sentem medo de ficar plantados aqui, sem ninguém para cuidar de vocês?

— Tem a árvore no meio — respondeu a Rosa. — Para que mais ela serve?

— Mas o que ela poderia fazer se surgisse algum perigo? — contrapôs Alice.

— Pode chorar bem alto e pedir socorro — respondeu a Rosa.

— É por isso que é chamado de salgueiro-chorão! Não sabia disso? — exclamou uma Margarida, o que fez todos começaram a gritar juntos, até o ar ficar cheio de vozes estridentes.

— Silêncio, todos vocês! — ordenou o Lírio-tigre, balançando-se apaixonadamente de um lado para o outro e tremendo de agitação. — Eles sabem que não posso alcançá-los! — Ofegou, inclinando a cabeça trêmula em direção a Alice. — Ou não ousariam fazer isso!

— Não importa! — disse Alice em um tom suave. Inclinou-se para as margaridas, que estavam começando de novo, e sussurrou: — Se não se calarem, eu as colherei!

Logo se fez silêncio e várias margaridas rosas ficaram brancas.

— Está certo! — disse o Lírio-tigre. — As margaridas são as piores de todas. Quando uma fala, todas se intrometem, e fazem balbúrdia suficiente para deixar alguém murcho!

— Como é que vocês podem conversar tão bem? — quis saber Alice, esperando melhorar seu humor com um elogio. — Já estive em muitos jardins antes, mas nenhuma das flores conseguia falar.

— Abaixe-se e sinta o solo — pediu o Lírio-tigre. — Então saberá o motivo.

Alice obedeceu.

— É muito duro — falou —, mas não vejo o que uma coisa tem a ver com a outra.

— Na maioria dos jardins, eles tornam as camas muito macias para que as flores estejam sempre adormecidas — explicou o Lírio-tigre.

Parecia uma razão muito boa, e Alice ficou bastante satisfeita em saber disso.

— Nunca pensei nisso antes! — comentou ela.

— Na minha opinião, você nunca pensa — a Rosa interferiu em um tom bastante severo.

— Eu nunca vi alguém tão estúpido — disse a Violeta de forma tão repentina que Alice deu um pulo, já que a flor ainda não havia falado até o momento.

— Fique quieta! — bradou o Lírio-tigre. — Como se já tivesse visto alguém! Você mantém a cabeça embaixo das folhas e fica roncando até não saber mais o que está acontecendo no mundo! Parece um botão!

— Há mais pessoas nesse jardim, além de mim? — questionou Alice, escolhendo não levar em conta a última observação da Rosa.

— Há uma outra flor no jardim que pode andar, assim como você — respondeu a Rosa. — Eu me pergunto como você faz isso... ("Você está sempre perguntando", o Lírio-tigre interpôs), mas ela é mais folhuda do que você.

— Ela é como eu? — perguntou Alice ansiosamente, porque o pensamento passou por sua cabeça: "Há outra garotinha em algum lugar nesse jardim!".

— Bem, ela tem a mesma forma estranha que você — observou a Rosa —, mas é mais vermelha... e acho que as pétalas dela são mais curtas.

—Tem as pétalas mais fechadas, quase como uma dália — interrompeu o Lírio-tigre. — Não são tombadas como as suas.

— Mas isso não é culpa sua — acrescentou a Rosa com gentileza. — Você está começando a murchar, sabe... e então não podemos evitar que as pétalas fiquem um pouco desarrumadas.

Alice não gostou nada dessa ideia. Então, para mudar de assunto, perguntou:

— Ela costuma vir aqui?

— Ouso dizer que a verá em breve — respondeu a Rosa. — Ela é do tipo espinhosa.

— Onde ela usa os espinhos? — quis saber Alice, um pouco curiosa.

— Ora, em volta da cabeça, é claro — respondeu a Rosa. — Fiquei admirada de você não ter espinhos também. Pensei que era o padrão.

— Ela está vindo! — bradou a Esporinha. — Estou ouvindo seu passos, tumb, tumb, tumb, no cascalho!

Alice olhou em volta ansiosamente e descobriu que era a Rainha Vermelha. "Ela cresceu bastante!", foi sua primeira observação. E realmente tinha crescido. Quando Alice a encontrou nas cinzas, tinha apenas sete centímetros de altura. Agora, aqui estava ela, meia cabeça mais alta que a própria Alice!

— É o ar fresco que faz isso — explicou a Rosa. — O ar aqui fora é maravilhoso.

—Acho que vou recebê-la — declarou Alice, pois, embora as flores fossem bastante interessantes, achou que seria muito mais grandioso conversar com uma rainha de verdade.

— Você não pode fazer isso — observou a Rosa. — Devo aconselhá-la a seguir outro caminho.

Isso não fazia sentido, então Alice não disse nada, mas partiu imediatamente em direção à Rainha Vermelha.

Para sua surpresa, ela a perdeu de vista num instante, e se viu entrando pela porta da frente mais uma vez.

Um pouco irritada, Alice afastou-se e, depois de procurar por todo lugar pela rainha (a quem finalmente avistou a grande distância), pensou que, desta vez, tentaria o plano de caminhar na direção oposta.

Foi um sucesso. Não caminhou nem um minuto antes de encontrar-se frente a frente com a Rainha Vermelha e com uma visão completa da colina que estava mirando havia tanto tempo.

— De onde você veio? — perguntou a Rainha Vermelha. — E para onde está indo? Olhe para cima, fale direito e não mexa os dedos tanto assim.

Alice acatou todas essas instruções e explicou, da melhor forma possível, que havia perdido o seu caminho.

— Não sei o que quer dizer com *seu* caminho — a Rainha falou. — Todos os caminhos por aqui pertencem a *mim*... mas por que você veio aqui? — acrescentou em um tom mais gentil. — Faça uma reverência enquanto pensa no que dizer. Economiza tempo.

Alice pensou um pouco sobre isso, mas estava muito admirada com a rainha para não acreditar. "Vou tentar quando voltar para casa", pensou ela. "Da próxima vez que estiver um pouco atrasada para o jantar".

— Agora é hora de me responder — declarou a Rainha, olhando para o relógio. — Abra mais um pouco a boca quando falar, e sempre diga "Vossa Majestade".

— Eu só queria ver o jardim, Vossa Majestade...

— Está certo — a Rainha aceitou, dando-lhe um tapinha na cabeça, e Alice não gostou nada disso. — Mas o que você chama de "jardim" parece um matagal se comparado aos jardins que já vi.

Alice não se atreveu a argumentar, mas continuou:

— ...e pensei em tentar seguir caminho até o topo daquela colina.

— O que você chama de "colina" — a Rainha interrompeu —, parece um vale se comparado às colinas que posso lhe mostrar.

— Não, não pareceria — retrucou Alice, surpresa por finalmente contradizê-la. — Uma colina não pode ser um vale, você sabe. Isso seria um absurdo...

A Rainha Vermelha meneou a cabeça:

— Você pode chamar de "absurdo" se quiser — declarou —, mas já ouvi absurdos que fariam este parecer tão sensato quanto um dicionário!

Alice fez uma reverência novamente, pois temia, pelo tom da Rainha, que a tivesse ofendido. Elas seguiram em silêncio até chegar ao topo da pequena colina.

Alice ficou em silêncio por alguns minutos, olhando em todas as direções do lugar – e que lugar curioso era esse. Havia vários pequenos riachos correndo de um lado para o outro, e o solo entre eles era dividido em quadrados por várias pequenas cercas vivas, que iam de riacho a riacho.

— Percebo que está marcado como um grande tabuleiro de xadrez — disse Alice por fim. — Deveria haver algumas peças se movendo em algum lugar... e estão lá! — acrescentou, encantada, e seu coração começou a acelerar de emoção enquanto prosseguia. — É um grande jogo de xadrez que está sendo jogado... em todo o mundo... se esse é o mundo, você sabe. Oh, que divertido! Como eu gostaria de ser um deles! Não me importaria de ser um Peão, desde que pudesse participar, embora, é claro, seria melhor ser a Rainha.

Ela olhou timidamente para a verdadeira rainha enquanto dizia isso, mas sua companheira apenas sorriu agradavelmente e falou:

— Isso é fácil de providenciar. Você pode ser o Peão da Rainha Branca, se desejar, já que Lily é jovem demais para jogar, e você já está na Segunda Casa. Quando chegar à Oitava Casa, será uma Rainha... — Nesse exato momento, sabe-se lá como, elas começaram a correr.

Mais tarde, ao lembrar-se de tudo, Alice nunca conseguiu entender como começaram. Tudo de que se lembra é que estavam correndo de mãos dadas, e a Rainha foi tão rápida que era difícil acompanhá-la. Mesmo assim, a Rainha não parava de gritar:

— Mais rápido! Mais rápido!

Mas Alice sentia que não podia ir mais rápido, apesar de não ter fôlego para dizer isso.

A parte mais curiosa era que, por mais rápida que fosse, as árvores e as outras coisas ao redor nunca mudavam de lugar, e nunca parecia que elas ultrapassavam nada. "Será que todas as coisas vão junto conosco?", pensou Alice, intrigada. E a Rainha pareceu adivinhar seus pensamentos, pois gritou:

— Mais rápido! Não tente conversar!

Não que Alice tivesse alguma intenção de fazer isso. Sentia como se nunca fosse ser capaz de falar novamente, pois estava bastante sem fôlego, e mesmo assim a Rainha gritava:

— Mais rápido! Mais rápido! — e a arrastava consigo.

— Estamos chegando? — perguntou Alice, ofegante.

— Quase lá! — exclamou a Rainha. — Ora, passamos por lá dez minutos atrás! Mais rápido! — E continuaram em silêncio por um tempo, com o vento assobiando nos ouvidos de Alice e, imaginou ela, quase lhe arrancando os cabelos.

— Vamos! Vamos! — exclamou a Rainha. — Mais rápido! Mais rápido! — E foram tão depressa que pareciam deslizar pelo ar, mal tocando o chão com os pés, até que de repente, quando Alice estava ficando exausta, pararam, e ela se viu sentada no chão, sem fôlego e com vertigem.

A Rainha a apoiou contra uma árvore e disse gentilmente:

— Pode descansar um pouco agora.

Alice olhou ao redor com grande surpresa.

— Ora, acredito que estávamos debaixo desta árvore o tempo todo! Tudo está como era!

— É claro — concordou a Rainha. — O que você esperava?

— Bem, em *nossa* terra — explicou Alice, ainda um pouco ofegante —, se você correu muito rápido por um longo tempo, como fizemos, geralmente se chega a outro lugar.

— Uma terra do tipo lento! — exclamou a Rainha. — Agora, *aqui*, veja bem, são necessárias todas as corridas que puder executar para permanecer no mesmo lugar. Se você quiser chegar a outro lugar, deve correr pelo menos duas vezes mais rápido do que isso!

— Prefiro não tentar, por favor! — implorou Alice. — Estou muito contente em ficar aqui. Só que estou com tanto calor, e sede!

— Sei do que você *gostaria!* — falou a Rainha de forma amável, tirando uma caixinha do bolso. — Aceita um biscoito?

Alice pensou que não seria educado recusar, embora não fosse o que queria. Então, o pegou e comeu da melhor maneira possível. Estava muito seco, e ela pensou que nunca estivera tão engasgada em toda a sua vida.

— Enquanto está se recuperando — disse a Rainha —, farei só as medições. — E ela tirou uma fita do bolso, marcada em centímetros, e começou a medir o chão, enfiando pequenos pinos aqui e ali. — Ao fim de dois metros — comentou, colocando o prego de madeira para marcar a distância —, lhe darei suas instruções. Quer outro biscoito?

— Não, obrigada — respondeu Alice. — Um é o suficiente!

— Matou a sede, acredito? — perguntou a Rainha.

Alice não sabia como responder a isso, mas, felizmente, a Rainha não esperou por uma resposta e prosseguiu.

— Ao fim de três metros, eu os repetirei, pois temo que os esqueça. Ao fim de quatro, direi adeus. E, ao fim de cinco, eu irei!

Ela já havia fincado todos os pinos, e Alice observou com grande interesse quando ela voltou à árvore e depois começou a andar lentamente pela fileira.

No pino de dois metros, olhou em volta e explicou:

— Um peão anda duas casas no primeiro movimento, você sabe. Então, você passará muito rapidamente pela Terceira Casa, de trem, acredito, e se encontrará na Quarta Casa em pouco tempo. Bem, essa casa pertence a Tweedledum e Tweedledee. A Quinta Casa é principalmente água, e a Sexta pertence a Humpty Dumpty. Não tem nenhuma observação para fazer?

— Eu... não sabia que tinha que fazer uma... neste instante — Alice vacilou.

— Deveria ter dito: "É extremamente gentil da sua parte me contar tudo isso". Todavia, vamos supor que disse. A Sétima Casa é só floresta. No entanto, um dos Cavaleiros mostrará o caminho. E na Oitava Casa, seremos Rainhas juntas, e aí, é tudo festa e diversão!

Alice se levantou, fez uma reverência e voltou a se sentar.

No pino seguinte, a Rainha virou-se novamente e, desta vez, disse:

— Fale em francês quando não conseguir pensar em alguma coisa em inglês... mostre os dedos dos pés enquanto caminha... e lembre-se de quem você é! — Dessa vez, ela não esperou que Alice fizesse uma reverência, e caminhou rapidamente até o próximo pino, onde virou-se por um momento para dizer "adeus", e então correu até o último pino.

Como isso aconteceu, Alice nunca soube, mas no momento em que chegou ao último pino, ela se foi. Se desapareceu no ar ou se correu rapidamente para a floresta ("e ela pode correr muito rápido!", pensou Alice), não havia como saber, mas ela se foi, e Alice começou a se lembrar de que era uma Peão, e que logo seria a hora de ela se movimentar.

Os insetos do Espelho

É claro que a primeira coisa a fazer era pesquisar sobre a terra pela qual viajava. "É como aprender geografia", pensou Alice, enquanto ficava na ponta dos pés, na esperança de poder ver um pouco mais. "Rios principais... não há nenhum. Montanhas principais... estou na única, mas não acho que tenha nome. Cidades principais... o que são essas criaturas produzindo mel lá embaixo? Não podem ser abelhas – ninguém nunca foi capaz de enxergar abelhas a dois quilômetros de distância, você sabe..." e por algum motivo, ela ficou em silêncio, observando uma delas, que se agitava entre as flores, fincando-lhes o probóscide, "como se fosse uma abelha comum", pensou Alice.

Aquilo, porém, era tudo, menos uma abelha comum: na verdade, era um elefante – como Alice logo descobriu, embora a ideia tenha lhe deixado atônita a princípio. Seu próximo pensamento foi: "Devem ser flores enormes! Como cabanas sem o teto, e com hastes... e que quantidade de mel devem produzir! Acho que vou descer e... não, ainda não", continuou, impedindo-se no momento em que começava a descer a colina, tentando encontrar uma desculpa por ter ficado tão tímida de repente. "Nunca é bom ficar entre eles sem um bom galho para afastá-los. E como será divertido quando me perguntarem se gostei da minha caminhada. Eu direi: 'Ah, gostei muito' (aqui deu sua pequena sacudida de cabeça favorita), 'só que estava tão quente e empoeirado, e os elefantes incomodaram demais!'".

— Acho que vou descer pelo outro lado — falou depois de uma pausa. — E talvez eu possa visitar os elefantes mais tarde. Além disso, quero chegar logo na Terceira Casa!

Então, com essa desculpa, desceu a colina e saltou sobre os seis primeiros riachos.

— Passagens, por favor! — pediu o Guarda, colocando a cabeça na janela.

Em um momento, todos estavam segurando passagens. Tinham o mesmo tamanho das pessoas e pareciam encher os vagões.

— Vamos lá! Mostre-me sua passagem, criança! — continuou o Guarda, lançando um olhar furioso para Alice. E muitas vozes gritaram juntas ("como o refrão de uma música", pensou Alice):

— Não o deixe esperando, criança! Ora, o tempo dele vale mil libras por minuto!

— Receio não ter passagem — respondeu Alice, em um tom assustado. — Não havia bilheteria de onde vim.

E, novamente, o coro de vozes continuou:

— Não havia espaço de onde ela veio. A terra vale mil libras por centímetro!

— Não dê desculpas! — interpôs o Guarda. — Deveria ter comprado uma do maquinista!

E mais uma vez o coro de vozes continuou:

— O homem que aciona o motor. Ora, só a fumaça vale mil libras por baforada!

Alice pensou consigo mesma: "Então não adianta nada falar!". As vozes não se uniram nesse momento, pois ela não havia se expressado, mas, para sua grande surpresa, todos *pensaram* em coro (espero que você entenda o que significa *pensar em coro*, pois devo confessar que eu não entendo). "É melhor não dizer nada. A linguagem vale mil libras por palavra!"

"Vou sonhar com mil libras hoje à noite, sei que vou!", pensou Alice.

Todo esse tempo, o Guarda a olhava, primeiro através de um telescópio, depois através de um microscópio e depois através de um binóculo. Por fim, disse:

— Você está seguindo o caminho errado.

E fechou a janela e foi embora.

— Uma criança tão pequena — observou o cavalheiro sentado à sua frente (ele estava vestido de papel branco) — deve saber para que lado está indo, mesmo que não saiba o próprio nome!

Uma Cabra, que estava sentada ao lado do cavalheiro de branco, fechou os olhos e disse em voz alta:

— Ela deve saber o caminho para a bilheteria, mesmo que não saiba o alfabeto!

Havia um Besouro sentado ao lado da Cabra (era um vagão muito estranho, cheio de passageiros) e, como parecia que todos deviam falar, ele comentou:

— Ela terá de ir com a bagagem!

Alice não conseguia ver quem estava sentado além do Besouro, mas, em seguida, uma voz falou com rouquidão:

— Trocar de locomotivas — disse, mas foi obrigado a parar.

"Parece um cavalo", pensou Alice.

Então, uma voz bem baixinha, perto do ouvido dela, comentou:

— Você pode fazer uma piada sobre isso... alguma coisa sobre "cavalão" e "rouquidão", sabe.

Foi quando uma voz muito gentil ao longe se expressou:

— Ela deve ter a etiqueta: "Menina, com cuidado", você sabe...

E depois outras vozes continuaram ("quantas pessoas há nesse vagão?", pensou Alice), falando:

— Ela deve ir pelo correio, pois está com a cabeça...

— Ela deve ser enviada como uma mensagem pelo telégrafo...

— Ela deve guiar o trem sozinha pelo resto do caminho...

E assim por diante.

Mas o cavalheiro vestido em papel branco inclinou-se e sussurrou em seu ouvido:

— Não importa o que todos digam, minha querida, mas compre uma passagem de volta sempre que o trem parar.

— De fato, não irei! — falou Alice, um tanto impaciente. — Nem sei o que estou fazendo nessa viagem de trem. Eu estava em um bosque até agora, e queria poder voltar para lá.

— Você pode fazer uma piada sobre isso — disse a pequena voz perto do ouvido dela. — Algo sobre: "Queria, mas não podia", sabe?

— Pare de gracejar assim — proferiu Alice, olhando em vão para ver de onde vinha a voz. — Se está tão ansioso para fazer uma piada, por que não faz uma você mesmo?

A pequena voz suspirou profundamente; era evidente que estava muito infeliz, e Alice teria dito algo para confortá-la, por pena. "Se apenas suspirasse como as outras pessoas!", pensou. Mas esse foi tão surpreendentemente baixo que ela não teria ouvido se não tivesse suspirado perto de sua orelha. A consequência disso foi que fez cócegas, o que afastou seus pensamentos da infelicidade da pobre criaturinha.

— Eu sei que você é uma amiga — a vozinha continuou. — Uma amiga querida e uma velha amiga. E você não vai me machucar, embora eu seja um inseto.

— Que tipo de inseto? — perguntou Alice com certa ansiedade. O que ela realmente queria saber era se poderia picar ou não, mas pensou que não seria uma pergunta muito educada a se fazer.

— Ora, então você não... — a pequena voz começou, quando foi abafada por um barulho estridente do motor, e todos sobressaltaram-se, alarmados, inclusive Alice.

O Cavalo, que tinha colocado a cabeça pela janela, silenciosamente a recolheu e disse:

— É apenas um riacho que temos de saltar.

◆

Todos pareceram satisfeitos com isso, embora Alice estivesse um pouco nervosa com a ideia de trens saltarem. "Contudo, isso nos levará à Quarta Casa, o que é uma coisa boa!", ela disse para si mesma. Logo em seguida, sentiu o vagão subindo pelos ares e, em seu pânico, pegou a coisa mais próxima à sua mão, que era a barba da Cabra.

Mas a barba pareceu derreter ao toque, e ela se viu sentada quieta debaixo de uma árvore – enquanto o Pernilongo (pois esse era o inseto com quem estava conversando) estava se equilibrando em um galho logo acima da cabeça dela, lhe abanando com suas asas. Realmente era um pernilongo muito grande, "do tamanho de uma galinha", pensou Alice.

Ainda assim, ela não podia se sentir nervosa com isso, pois já estavam conversando fazia algum tempo.

— Então, você não gosta de todos os insetos? — o Pernilongo prosseguiu calmamente, como se nada tivesse acontecido.

— Gosto quando conseguem falar — respondeu Alice. — Nenhum deles consegue falar de onde *eu* venho.

— De que tipo de insetos você gosta de onde vem? — quis saber o Pernilongo.

— Não *gosto* de inseto nenhum — explicou Alice —, porque tenho bastante medo de todos eles... pelo menos dos grandes. Mas posso lhe dizer os nomes de alguns tipos.

— É óbvio que atendem pelos nomes? — perguntou o Pernilongo de forma despreocupada.

— Nunca soube que o fizessem.

— Para que servem os nomes deles — observou o Pernilongo —, se não respondem a eles?

— Não servem de nada para *eles* — falou Alice. — Mas é útil para as pessoas que os nomeiem, imagino. Caso contrário, por que as coisas teriam nomes?

— Não sei dizer — o Pernilongo replicou. — Mais adiante, na floresta lá embaixo, eles não têm nomes. Todavia, continue com sua lista de insetos: você está perdendo tempo.

— Bem, tem a mutuca — começou Alice, contando os nomes nos dedos.

— Certo — concordou o Pernilongo. — No meio do mato você verá uma "mutucavalo", se olhar bem. É feita inteiramente de madeira e se balança de galho em galho.

— E o que ela come? — perguntou Alice com grande curiosidade.

— Seiva e serragem — respondeu o Pernilongo. — Continue com a lista.

Alice olhou para a mutucavalo com grande interesse e decidiu que deveria ter acabado de ser repintada, pois parecia muito brilhante e pegajosa, então continuou:

— E tem a libélula.

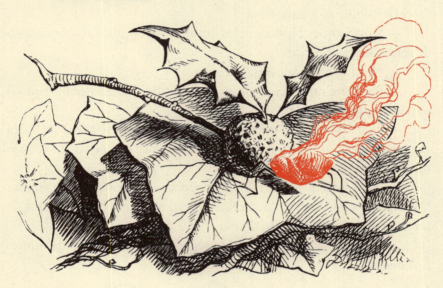

— Olhe para o galho acima da sua cabeça — pediu o Pernilongo —, e encontrará uma Libélula-de-Natal. O corpo é feito de pudim de ameixa, as asas de folhas de azevinho e a cabeça é uma passa flambada em conhaque.

— E ela come o quê?

— Mingau e pastelão de carne — respondeu o Pernilongo. — E faz o ninho em uma caixa de presente de Natal.

— E também há a borboleta — continuou Alice, depois de ter dado uma boa olhada no inseto com a cabeça em chamas e pensado: "Será que essa é a razão pela qual os insetos gostam tanto de voar até a luz? Porque querem se transformar em Libélulas-de-Natal?"

— Rastejando aos seus pés — apontou o Pernilongo (Alice puxou os pés para trás, um pouco assustada) —, você pode observar um Pão-com-Borboleta. Suas asas são fatias finas de pão com manteiga, seu corpo é uma casca e sua cabeça é um torrão de açúcar.

— E o que um Pão-com-Borboleta come?

— Chá fraco com creme.

Um novo problema surgiu na cabeça de Alice:

— E se não conseguir encontrar nada disso? — questionou.

— Então ele morre, é claro.

— Mas isso deve acontecer com muita frequência — comentou Alice, pensativa.

— Acontece sempre — concordou o Pernilongo.

Depois disso, Alice ficou ponderando em silêncio por um minuto ou dois. Entrementes, o Pernilongo divertia-se cantarolando ao redor de sua cabeça. Por fim, acomodou-se novamente e observou:

— Suponho que não quer perder seu nome?

— Não, realmente não — respondeu Alice, um pouco ansiosa.

— E, no entanto, não sei… — o Pernilongo prosseguiu em um tom despreocupado. — Apenas pense como seria conveniente se você voltasse para casa sem nome! Por exemplo, se a governanta quisesse chamá-la para suas aulas, gritaria "Venha aqui…", e aí teria de parar, porque não haveria um nome para acrescentar, e é claro que você não precisaria ir, sabe?

— Isso nunca daria certo, tenho certeza — retrucou Alice. — A governanta nunca me dispensaria das aulas por conta disso. Se não conseguisse se lembrar do meu nome, me chamaria de "Senhora!", como fazem os criados.

— Bem, se ela dissesse "Senhora!" e nada mais — observou o Pernilongo —, é claro que você perderia as aulas. Era só dizer que estava *sem hora* para estudar... É uma piada. Gostaria que você a tivesse feito.

— Por que você gostaria que eu a tivesse feito? — questionou Alice. — É uma piada bem ruim.

Mas o Pernilongo apenas suspirou profundamente, enquanto duas lágrimas rolaram por suas bochechas.

— Não deveria fazer piadas — Alice comentou — se isso o deixa tão infeliz.

Então ele deu outro suspiro melancólico e, desta vez, o pobre Pernilongo realmente parecia ter se acabado em lágrimas, pois quando Alice olhou para cima, não havia mais nada para ser visto no galho. Estava começando a sentir frio por ter ficado sentada por tanto tempo, então levantou-se e seguiu em frente. Logo chegou a um campo aberto, com uma floresta do outro lado. Parecia muito mais escura do que a última floresta, e Alice sentiu-se um pouco receosa ao entrar nela. No entanto, pensando bem, ela decidiu continuar, "porque certamente não voltarei", pensou consigo mesma, e esse era o único caminho para a Oitava Casa.

— Esta deve ser a floresta — disse pensativamente — onde as coisas não têm nomes. Gostaria de saber o que vai acontecer com o meu nome quando entrar? Não gostaria de perdê-lo, porque teriam de me dar outro, e provavelmente seria um feio. Mas se bem que seria divertido tentar encontrar a criatura que teria meu antigo nome! É como aqueles anúncios de quando alguém perde o cachorro: "Responde pelo nome de Dash. Usava uma coleira de latão". Basta chamar tudo que encontra de "Alice", até que um deles atenda! Só que não responderiam, se fossem espertos.

Ainda divagava quando alcançou a floresta, que parecia muito fria e sombria.

— Bem, de qualquer forma, é um grande alívio — falou ela, caminhando sob as árvores. — Depois de passar tanto calor, entrar nessa... nessa o quê? — continuou bastante surpresa por não conseguir pensar na palavra. — Quero dizer, embaixo... embaixo... você sabe! — Colocando a mão no tronco da árvore. — Como é que se chama, eu me pergunto? Acredito que não tem nome. Ora, na verdade não tem! — Ponderou em silêncio por um minuto. Então, de repente, começou de novo: — Depois de tudo, realmente aconteceu! E como, quem sou eu? Lembrarei se puder! Estou determinada a lembrar! — Mas estar determinada não a ajudou muito, e tudo o que pôde dizer, depois de muita confusão, foi: — L, sei que começa com L!

Naquele instante, um jovem Cervo apareceu, e fitou Alice com seus grandes olhos gentis, mas não parecia nem um pouco assustado.

— Venha cá, venha! Venha cá! — Alice chamou quando estendeu a mão e tentou acariciá-lo, mas ele só recuou um pouco e tornou a fitá-la.

— Como se chama? — perguntou o Cervo por fim. — Você tem uma voz doce e suave!

"Gostaria de saber!", pensou a pobre Alice. Ela respondeu com tristeza:

— Agora, nada.

— Pense de novo — respondeu. — Isso não serve.

Alice pensou, mas nada aconteceu.

— Por favor, você poderia me dizer como se chama? — pediu timidamente. — Acho que pode ajudar um pouco.

— Vou lhe dizer, mas teremos de avançar um pouco mais — declarou o Cervo. — Aqui, não me lembro.

Assim caminharam juntos pela floresta, Alice abraçando com carinho o pescoço macio do Cervo, até que saíram para outro campo aberto. O Cervo deu um salto repentino no ar e se soltou do aperto de Alice.

— Sou um Cervo! — gritou com uma voz de deleite. — Meu Deus! Você é uma criança humana! — Um súbito olhar de alarme apareceu em seus lindos olhos castanhos, e, no momento seguinte, disparou a toda velocidade.

Alice ficou parada olhando, quase à beira das lágrimas de irritação por ter perdido seu querido companheiro de viagem de forma tão repentina.

— Porém, agora sei meu nome. Isso dá um pequeno alívio. Alice... Alice... não me esquecerei novamente. E agora, quais dessas setas devo seguir? — ela questionou.

Não era uma pergunta muito difícil de responder, pois havia apenas uma estrada que atravessava a floresta, e as duas setas apontavam nessa direção. "Resolverei isso", pensou Alice, "quando a estrada se dividir e apontar para caminhos diferentes".

Mas isso não parecia provável de acontecer. Ela seguiu em frente, por um longo caminho, mas onde quer que a estrada se dividisse, havia duas setas apontando para a mesma direção, uma com os dizeres:

e a outra

— Acredito que moram na mesma casa! Como nunca pensei nisso antes... — falou Alice. — Mas não posso ficar lá por muito tempo. Vou chamá-los e perguntar "Como estão?", e então questiono como saio da floresta. Se eu conseguisse chegar à Oitava Casa antes que escurecesse!

Então ela continuou andando, falando sozinha enquanto seguia, até que, ao fazer uma curva acentuada, trombou tão repentinamente com dois homenzinhos gordos, que não pôde deixar de saltar para trás. Mas, no instante seguinte, se recuperou e teve a certeza de que deveriam ser eles.

CAPÍTULO IV

Tweedledum e Tweedledee

Eles estavam debaixo de uma árvore, cada um com um braço em volta do pescoço do outro, e Alice logo soube quem era quem, porque um deles tinha "dum" bordado na gola, e o outro tinha um "dee". "Imagino que cada um tenha "Tweedle" bordado na parte de trás da gola", disse para si mesma. Eles ficaram tão imóveis que ela esqueceu que estavam vivos e resolveu espiar atrás da gola para ver se a palavra "Tweedle" estava mesmo ali. Então, teve um sobressalto com uma voz que vinha do que estava marcado como "dum".

— Se você acha que somos bonecos de cera — falou ele —, deveria pagar, sabe. Os bonecos de cera não foram feitos para serem vistos de graça, de jeito nenhum!

— Por outro lado — acrescentou o rotulado como "dee" —, se acha que estamos vivos, deve falar.

— Tenham certeza de que sinto muito — foi tudo o que Alice pôde dizer, pois as palavras da velha canção continuavam ecoando em sua cabeça como o tique-taque de um relógio, e ela mal podia deixar de dizê-las em voz alta:

Tweedledum e Tweedledee
Concordaram em lutar
Pois Tweedledum, disse Tweedledee,
Seu belo novo chocalho acabara de estragar.

Então surge um corvo, pavoroso e malfadado,
Tão negro quanto um carvão,
O que deixa os heróis tão apavorados,
Que esqueceram a discussão.

— Sei o que está pensando — declarou Tweedledum. — Mas não é assim, de jeito nenhum.

— Pelo contrário — continuou Tweedledee. — Se assim fosse, poderia ser; se fosse assim, seria; mas como não é, não é. Essa é a lógica.

— Estava pensando... — começou Alice educadamente — Qual é a melhor maneira de sair dessa floresta? Está ficando tão escuro. Vocês poderiam me dizer, por favor?

Mas os homenzinhos gordos apenas se entreolharam e sorriram.

Pareciam tanto com dois estudantes gorduchos que Alice não pôde deixar de apontar o dedo para Tweedledum e dizer:

— Primeiro da Classe!

— De jeito nenhum! — gritou Tweedledum rapidamente, e tornou a fechar a boca com um estalo.

— Segundo da Classe! — bradou Alice, passando para Tweedledee, embora tivesse certeza de que apenas gritaria "Pelo contrário!". E assim ele fez.

— Você se enganou! — exclamou Tweedledum. — A primeira coisa a se fazer em uma visita é dizer: "Como você vai?", e apertar as mãos! — E então os dois irmãos se abraçaram e estenderam as mãos livres para cumprimentá-la.

Alice não queria apertar a mão de nenhum deles primeiro, por medo de magoar os sentimentos do outro. Então, resolveu a questão da melhor forma possível: apertou as duas mãos de uma vez só. No instante seguinte, estavam dançando em um círculo. Isso pareceu bastante natural (ela lembrou mais tarde), e não ficou surpresa ao ouvir

música tocando: parecia vir da árvore sob a qual eles dançavam, e foi produzida (pelo que pôde entender), pelos galhos esfregando um no outro, como violinos e seus arcos.

— Mas certamente foi engraçado — (Alice disse depois, quando contava a história toda à irmã.) — Me ver cantando "Alecrim Dourado". Não sei quando comecei, mas de certa forma senti como se estivesse cantando havia muito tempo!

Os outros dois dançarinos eram gordos e logo ficaram sem fôlego.

— Quatro vezes é o suficiente para uma dança — Tweedledum ofegou, e eles pararam de dançar tão subitamente quanto começaram. A música cessou no mesmo instante.

Então soltaram as mãos de Alice e a observaram por um minuto. Houve uma pausa estranha, pois Alice não sabia como iniciar uma conversa com as pessoas com quem estava dançando. "Agora não adiantaria nada perguntar 'Como vai?'", ela disse para si mesma. "Parece que o momento ficou para trás!"

— Espero que não estejam muito cansados — disse por fim.

— De forma alguma. E muito obrigado por perguntar — respondeu Tweedledum.

— Muito obrigado mesmo! — acrescentou Tweedledee. — Você gosta de poesia?

— Gosto bastante... de algumas poesias — respondeu Alice, hesitante. — Poderiam me dizer qual estrada devo tomar para sair da floresta?

— O que devo recitar para ela? — perguntou Tweedledee, fitando Tweedledum com grandes olhos solenes, sem dar atenção à pergunta de Alice.

— "A Morsa e o Carpinteiro" é o mais comprido — respondeu Tweedledum, dando um abraço carinhoso no irmão. Tweedledee começou instantaneamente:

O sol estava brilhando...

Foi quando Alice se aventurou a interrompê-lo:

— Se for muito longo — pediu ela o mais educadamente possível —, por favor, diga-me primeiro qual é o caminho.

Tweedledee sorriu gentilmente e começou de novo:

O sol estava brilhando sobre o mar
Brilhando com todo o seu poder
Ele fez o seu melhor para fazer
Os raios suaves a brilhar...
E isso era estranho, porque
Era bem de noitinha.

A lua estava brilhando emburrada,
Porque pensava ser o sol,
Não tinha por que estar ali
Depois de o dia ter acabado...
"É muito rude da parte dele", ela disse
"Vir acabar com a diversão aqui!"

O mar era molhado, o mais molhado que conseguia ser,
As areias eram tão secas quanto podiam ser.
Não se podia ver uma nuvem,

*Porque não havia nuvem para se ver.
Não havia pássaros voando sobre sua cabeça
Porque não havia pássaros para voar.*

*A Morsa e o Carpinteiro
Estavam andando lado a lado.
Choravam como nada já visto
Tais quantidades de areia,
"Se apenas houvesse um caminho livre"
Eles disseram, "seria excelente!"*

*"Se as empregadas com sete esfregões,
Varressem por metade de um ano,
"Você vê o propósito disso?", a Morsa falou,
"De conseguir deixar tudo limpo?"
"Duvido", respondeu o Carpinteiro,
E derramou uma lágrima amarga.*

"Ó ostras, venham andar conosco!"
A Morsa suplicou.
"Caminhada agradável, conversa encantadora"
Ao longo do mar salgado.
Não podemos fazer com mais de quatro,
Para dar as mãos um para o outro.

A ostra mais velha olhou para ele,
Mas nunca disse uma palavra,
A ostra velha piscou para ele,
E balançou a cabeça pesada...
O que quer dizer que ele não escolheu
Deixar sua cama de ostra.
Mas quatro ostras correram com pressa,
Ansiosas por uma festa:
Seus casacos estavam arrumados, e seus rostos lavados,
Seus sapatos estavam limpos e arrumados...
E isso era estranho, porque, você sabe,
Não tinham nenhum pé.

Outras quatro ostras os seguiram
E depois quatro outras,
Vieram arrumadinhas finalmente,
E mais, e mais, e mais...
Todas saltando pelas espumas das ondas,
E pulando para a costa.

A Morsa e o Carpinteiro
Andaram mais ou menos dois quilômetros
E então descansaram em um rochedo
Convenientemente baixo.
E todas as pequenas ostras levantaram
E em fileiras esperaram.
A Morsa anunciou: "Chegou a hora"
"De sobre várias coisas falar"

"De sapatos... e navios... e lacres...
De repolhos... e reis...
E da causa da quentura do mar...
E se porcos realmente podem voar."

"Mas espere um pouco", as ostras clamaram
Antes de nós conversarmos
Porque algumas de nós perdeu o ar,
E todas nós só fizemos engordar
"Sem pressa!", disse o Carpinteiro
E lhe agradeceram o dia inteiro.

"Um pedaço de pão", a Morsa disse
"É tudo o que se precisa,
Pimenta e vinagre ao lado
São para melhorar o tempero...
Agora, se estiverem prontas, queridas ostras
Podemos comer o alimento."

"Mas não a gente!" As ostras gritaram,
Tornando-se um pouco azuis,
"Depois de tanta bondade, isso seria
Um desprezo a ser feito!"
"A noite está ótima", a Morsa disse
"Vai admirar a visão?"

"Foi muita bondade sua vir aqui!
E você é muito especial!"
O Carpinteiro não disse nada além de:
"Corte outro pedaço para nós.
Gostaria que não fosse tão surdo...
Porque tive que te gritar duas vezes."

"Parece uma vergonha", a Morsa disse,
"Enganá-las com tal truque

Após trazê-las de tão longe
Fazê-las trotar tão rápido!"
O Carpinteiro não disse nada além de
"A manteiga se espalhou muito espessa!

"Irei chorar por vocês," a Morsa disse.
"Simpatizo-me profundamente."
Com soluços e lágrimas
Daquelas de tamanho maior.
Segurando seu lenço de bolso
Diante de seus olhos lacrimejantes.

"Ó, ostras", falou o Carpinteiro
"Vocês tiveram uma boa vida!
Vamos trotar de volta para casa?"
Mas a resposta não veio
E dificilmente isso era estranho,
Porque comeram cada uma delas.

— Gosto mais da Morsa — comentou Alice —, porque dá para perceber que ela sentiu um pouco de pena das pobres ostras.

— Mas comeu mais do que o Carpinteiro — observou Tweedledee. — Veja bem, ela segurava o lenço na frente para que o Carpinteiro não pudesse contar quantas ela comia. Pelo contrário.

— Isso foi cruel! — bradou Alice, indignada. — Então, eu gosto mais do Carpinteiro... se ele não comeu tantas quanto a Morsa.

— Mas ele comeu o máximo que pôde — disse Tweedledum.

Aquilo era problemático. Depois de uma pausa, Alice começou:

— Bem! Os dois eram muito desagradáveis... — Aqui ela pôs-se em silêncio, um tanto alarmada, ao ouvir o que lhe parecia uma locomotiva a vapor perto da floresta, embora temesse que, mais provavelmente, fosse um animal selvagem. — Há leões ou tigres por aqui? — perguntou timidamente.

— É apenas o Rei Vermelho roncando — explicou Tweedledee.

— Venha e olhe para ele! — pediram os irmãos, e cada um segurou uma das mãos de Alice e a guiaram até onde o Rei dormia.

— Ele não é uma visão adorável? — comentou Tweedledum.

Se tivesse que ser sincera, Alice não tinha como concordar. O Rei usava uma grande touca de dormir, vermelha e alta, com um pompom, e estava deitado todo encolhido em uma espécie de pilha desarrumada, e roncava alto.

— Esse ronco é capaz de lhe arrancar a cabeça! — comentou Tweedledum.

— Receio que possa ficar resfriado por estar deitado na grama úmida — observou Alice, que era uma menina muito atenciosa.

— Ele está sonhando agora — falou Tweedledee. — E com o que acha que está sonhando?

— Ninguém pode adivinhar isso — declarou Alice.

— Ora, com você! — exclamou Tweedledee, batendo palmas de forma triunfante. — E se ele deixasse de sonhar com você, onde acha que estaria?

— Onde estou agora, é claro — respondeu Alice.

— Não! — retrucou Tweedledee com desdém. — Estaria em lugar nenhum. Ora, você é apenas uma espécie de coisa no sonho dele!

— Se aquele Rei acordasse — acrescentou Tweedledum —, você sumiria... puf!... como a chama de uma vela!

— Não sumiria! — exclamou Alice, indignada. — Além disso, se sou apenas uma espécie de coisa no sonho dele, o que vocês são, posso saber?

— Idem — concordou Tweedledum.

— Idem, idem — gritou Tweedledee tão alto que Alice não pôde deixar de dizer:

— Silêncio! Temo que irá acordá-lo se fizer tanto barulho.

— Bem, não adianta falar em acordá-lo — observou Tweedledum —, quando se é apenas uma das coisas em seu sonho. Você sabe muito bem que não é real.

— Eu *sou* real! — bradou Alice e começou a chorar.

— Chorar não vai torná-la mais real — comentou Tweedledee. — Não há motivo para chorar.

— Se eu não fosse real — começou Alice, rindo por entre as lágrimas porque tudo aquilo parecia ridículo —, não seria capaz de chorar.

— Espero que não pense que suas lágrimas sejam de verdade! — Tweedledum interrompeu em um tom de grande desprezo.

"Eu sei que estão falando bobagem", Alice pensou consigo mesma. "E é tolice chorar por conta disso". Então ela enxugou as lágrimas e continuou o mais alegremente que pôde:

— De qualquer maneira, é melhor eu sair da floresta, pois realmente está ficando muito escuro. Vocês acham que vai chover?

Tweedledum abriu um grande guarda-chuva sobre ele e o irmão, olhou para cima e disse:

— Não, acho que não. Pelo menos, não aqui embaixo. De jeito nenhum.

— Mas pode chover aqui fora?

— Pode, se quiser — respondeu Tweedledee. — Não temos objeções. Pelo contrário.

"Que egoístas!", pensou Alice, e ia desejar "boa noite" e deixá-los, quando Tweedledum afastou-se do guarda-chuva e a agarrou pelo pulso.

— Você vê *isso*? — perguntou ele com a voz embargada de emoção, e seus olhos logo ficaram grandes e amarelos, enquanto apontava com um dedo trêmulo para a pequena coisa branca caída sob a árvore.

— É apenas um chocalho — comentou Alice, após observar a coisinha branca atentamente. — Não é o chocalho de uma cascavel, sabe — acrescentou rapidamente, pensando que ele estava assustado. — É apenas um chocalho velho... bem velho e quebrado.

— Sabia que era! — exclamou Tweedledum, começando a se

debater descontroladamente e a arrancar os cabelos. — Está estragado, é claro! — E olhou para Tweedledee, que imediatamente se sentou no chão e tentou se esconder sob o guarda-chuva.

Alice pousou a mão no braço dele e disse em um tom suave:

— Não precisa ficar com tanta raiva por conta de um chocalho velho.

— Mas *não* é velho! — berrou Tweedledum, mais enfurecido do que nunca. — Quero dizer, é novo... comprei ontem... meu belo e novo chocalho! — E sua voz se elevou a um baita grito.

Entrementes, Tweedledee estava se esforçando para fechar o guarda-chuva em si mesmo; o que era uma coisa tão extraordinária de se fazer, que tirou a atenção de Alice do irmão zangado. Mas ele não foi bem-sucedido, e acabou caindo, embrulhado no guarda-chuva com apenas a cabeça para fora. E ali estava ele, abrindo e fechando a boca e os olhos grandes, "parecendo mais com um peixe do que com qualquer outra coisa", pensou Alice.

— É claro que você concorda em lutar? — perguntou Tweedledum em um tom mais calmo.

— Suponho que sim — respondeu o outro de forma emburrada enquanto se arrastava para fora do guarda-chuva. — Mas ela deverá nos ajudar com a vestimenta, você sabe.

Assim, os dois irmãos foram de mãos dadas para a floresta e voltaram um minuto depois com os braços cheios de coisas, como travesseiros, cobertores, tapetes de lareiras, toalhas de mesa, tampas de panelas e baldes de carvão.

— Espero que seja boa em prender e amarrar cordas! — comentou Tweedledum. —Todas essas coisas precisam se encaixar, de uma forma ou de outra.

Mais tarde, Alice contou que nunca havia visto tanto barulho feito por nada em toda sua vida. A maneira como os dois se agitavam, a quantidade de coisas que vestiam, e o trabalho que lhe deram para amarrar as cordas e abotoar...

"Francamente, quando estiverem prontos, parecerão mais com trouxas de roupas velhas do que qualquer outra coisa!", Alice disse para si mesma, enquanto envolvia o pescoço de Tweedledee com um travesseiro, "para impedir que sua cabeça fosse cortada", como ele mesmo disse.

— Sabe — acrescentou ele com muita seriedade —, é uma das coisas mais sérias que pode acontecer a alguém em uma batalha: ter a cabeça cortada.

Alice riu alto, mas conseguiu disfarçar o riso com uma tosse, por medo de magoar os sentimentos dele.

— Estou muito pálido? — perguntou Tweedledum, aproximando-se para que ela lhe fechasse o elmo. (Ele chamou de elmo, embora certamente se parecesse muito mais com uma panela).

— Bem... sim... um pouco... — respondeu Alice gentilmente.

— Costumo ser muito corajoso — ele continuou em voz baixa. — Mas hoje estou com dor de cabeça.

— E eu estou com dor de dente! — interrompeu Tweedledee, que ouviu o comentário. — Estou muito pior do que você!

— Então é melhor não lutar hoje — observou Alice, achando que era uma boa oportunidade para que fizessem as pazes.

— Precisamos lutar um pouco, mas não precisa ser muito longa — falou Tweedledum. — Que horas são agora?

Tweedledee olhou para o relógio e disse:

— Quatro e meia.

— Vamos lutar até as seis e depois jantar — sugeriu Tweedledum.

— Muito bem — concordou o outro, tristemente. — E ela pode nos assistir... é melhor não chegar muito perto — acrescentou. — Quando fico muito empolgado, costumo acertar tudo o que vejo.

— E eu bato em tudo ao meu alcance — gritou Tweedledum —, independentemente de estar vendo ou não!

Alice riu:

— Devo pensar, então, que você deve bater nas árvores com bastante frequência.

Tweedledum olhou ao redor com um sorriso satisfeito.

— Suponho que não sobrará uma árvore em pé, em canto algum, quando tivermos terminado!

— E tudo por causa de um chocalho! — declarou Alice, porque ainda esperava deixá-los um pouco envergonhados por lutarem por uma ninharia.

— Eu não teria me importado tanto — disse Tweedledum —, se não fosse um chocalho novo.

"Eu gostaria que o corvo monstruoso viesse!", pensou Alice.

— Só há uma espada — falou Tweedledum para o irmão —, mas você pode ficar com o guarda-chuva... é tão afiado quanto a espada. Mas devemos começar logo. Está ficando cada vez mais escuro.

— Mais escuro a cada vez — declarou Tweedledee.

Estava escurecendo tão rapidamente que Alice pensou que uma tempestade devia estar chegando.

— Que nuvem escura e grossa! — comentou. — E como está vindo rápido! Acho que tem asas!

— É o corvo! — berrou Tweedledum com uma voz estridente e alarmada, e os dois irmãos puseram-se a correr e se esconderam em um instante.

Alice correu e adentrou mais a floresta e parou debaixo de uma grande árvore. "Ele não conseguirá me atingir aqui", pensou ela. "É muito grande para se espremer entre as árvores. Mas eu gostaria que não batesse as asas... isso causa um furacão na floresta... lá vai o xale de alguém, soprado pelo vento!

Lã e Água

Ela pegou o xale enquanto falava e procurou pelo dono. No instante seguinte, a Rainha Branca veio correndo descontroladamente pela floresta, com os dois braços estendidos, como se estivesse voando, e Alice, de forma muito polida, foi levar o xale até ela.

— Estou muito feliz por ter ficado no caminho — disse Alice, ajudando-a a vestir o xale novamente.

A Rainha Branca apenas lhe lançou um olhar desamparado e amedrontado, e continuou repetindo algo em um sussurro para si mesma, que soou como "pão com manteiga, pão com manteiga", e Alice sentiu que, para que houvesse alguma conversa, ela mesma teria de iniciá-la. Então, começou com timidez:

— Estou me direcionando à Rainha Branca?

— Bem, sim, se chama isso de direção — respondeu a Rainha. — Não é minha noção da coisa, de forma alguma.

Alice pensou que não convinha discutir logo no começo da conversa, então sorriu e disse:

— Se Vossa Majestade puder me dizer qual é o modo certo de começar, farei o melhor que puder.

— Mas não quero que isso seja feito! — gemeu a pobre Rainha. — Faz duas horas que venho me direcionando.

Pareceu a Alice, que teria sido melhor se ela tivesse alguém para lhe dar direções na vestimenta, pois estava no mais terrível desalinho. "Tudo está torto", pensou Alice, "e está cheia de alfinetes!".

— Posso ajeitar seu xale? — acrescentou em voz alta.

— Não sei qual é o problema dele! — a Rainha lamentou com uma voz melancólica. — Está temperamental, acho. Eu o preguei com alfinetes em um lado, mas não há nada que o faça ficar ali!

— Ele não pode ficar direito se o prender de um lado só — comentou Alice, enquanto o endireitava com gentileza. — E, minha nossa! Veja o estado do seu cabelo!

— A escova ficou presa nele! — disse a Rainha com um suspiro. — E ontem perdi o pente.

Alice soltou a escova cuidadosamente e fez o possível para arrumar o cabelo.

— Vamos, agora está bem melhor! — falou, depois de tirar a maioria dos alfinetes. — Mas, na verdade, você deveria ter uma dama de companhia!

— Eu lhe contrataria com prazer! — declarou a Rainha. — Dois pence por semana e geleia dia sim, dia não.

Alice não pôde deixar de rir e respondeu:

— Não quero que me contrate... e não ligo para geleias.

— É uma geleia muito boa — declarou a Rainha.

— Bem, de qualquer forma, não quero nenhuma hoje.

— Não poderia ter, mesmo se quisesse — avisou a Rainha. — A regra é: "Geleia amanhã e geleia ontem, mas nunca geleia hoje".

— Mas às vezes isso vai resultar em "geleia hoje" — objetou Alice.

— Não, não vai — a Rainha interpôs. — É geleia dia sim, dia não. Hoje não é dia sim, sabe.

— Não entendo — declarou Alice. — É terrivelmente confuso!

— É isso que acontece quando se vive ao contrário — declarou a Rainha gentilmente. — Sempre deixa as pessoas um pouco tontas no começo...

— Quando se vive ao contrário! — repetiu Alice com grande espanto. — Nunca ouvi falar de uma coisa dessas!

— Mas há uma grande vantagem: a memória funciona nos dois sentidos.

— Tenho certeza de que a minha só funciona de uma maneira — comentou Alice. — Não me lembro das coisas antes que elas aconteçam.

— É uma memória muito ruim, essa que só funciona ao contrário — observou a Rainha.

— De que tipo de coisas você se lembra melhor? — Alice se aventurou a perguntar.

— Ah, coisas que aconteceram daqui a duas semanas — respondeu a Rainha em um tom despreocupado. — Agora, por exemplo — continuou, colocando um grande curativo no dedo —, existe o Mensageiro do Rei. Neste momento ele está sendo punido na prisão. O julgamento só começará na próxima quarta-feira, e, é claro, o crime vem por último.

— E se ele nunca cometer o crime? — questionou Alice.

— Seria melhor, não é? — contrapôs a Rainha, enquanto atava o curativo no dedo com um pouco de fita.

Alice percebeu que não havia como negar isso.

— É claro que seria melhor — ela respondeu —, mas para ele seria melhor não ser punido.

— Nisso está errada, de qualquer forma — declarou a Rainha. — Você já foi punida?

— Só por coisas que cometi — objetou Alice.

— E sei que ficou melhor por causa disso! — respondeu a Rainha, triunfante.

— Sim, mas eu havia feito as coisas pelas quais fui punida — retorquiu Alice. — Isso faz toda a diferença.

— Mas, se não as tivesse feito — explicou a Rainha —, seria melhor ainda, e melhor, e melhor, e melhor! — A voz dela foi ficando mais alta a cada "melhor", e por fim se transformou em um guincho.

Alice começava a dizer "Há um erro em algum ponto", quando a Rainha passou a gritar tão alto que ela teve de deixar a frase inacabada.

— Ui, ui, ui! — berrou a Rainha, apertando a mão como se quisesse arrancá-la. — Meu dedo está sangrando! Ui, ui, ui!

Seus gritos eram como o apito de uma locomotiva a vapor, e Alice teve de cobrir os ouvidos com as mãos.

— Qual é o problema? — perguntou assim que houve uma chance de se fazer ouvida. — Espetou seu dedo?

— Ainda não — falou a Rainha —, mas logo espetarei... Ui, ui, ui!

— Quando espera fazer isso? — quis saber Alice, sentindo muita vontade de rir.

— Quando prender meu xale novamente — a pobre Rainha gemeu. — O broche logo vai se desfazer. Ui, ui! — Quando disse essas palavras, o broche se abriu, e a Rainha o agarrou de forma desvairada e tentou fechá-lo.

— Tome cuidado! — exclamou Alice. — Está segurando tudo torto! — E pegou o broche, mas era tarde demais: o alfinete escorregara e a Rainha espetara o dedo.

— Perceba, isso explica o sangramento — declarou para Alice com um sorriso. — Agora você entende como as coisas acontecem por aqui.

— Mas por que você não grita agora? — quis saber Alice, erguendo as mãos, pronta para colocá-las sobre as orelhas novamente.

— Ora, já gritei tudo que tinha para gritar — respondeu a Rainha. — De que adiantaria fazer tudo de novo?

A essa altura, já estava clareando.

— Acho que o corvo deve ter voado para longe — comentou Alice. — Estou tão feliz que ele se foi. Pensei que a noite estava chegando.

— Gostaria de poder ficar feliz! — a Rainha declarou. — Só que nunca consigo me lembrar da regra. Você deve ser muito feliz, vivendo nesta floresta e sendo feliz sempre que desejar!

— Mas é tão solitário por aqui! — lamentou-se Alice com uma voz melancólica e, ao pensar em sua solidão, duas grandes lágrimas rolaram por seu rosto.

— Oh, não fique assim! — exclamou a pobre Rainha, retorcendo as mãos em desespero. — Pense na ótima menina que você é. Pense no longo caminho que já percorreu hoje. Pense em que horas são. Pense em qualquer coisa, mas não chore!

Alice não pôde deixar de rir disso, mesmo em meio às lágrimas.

— Você consegue evitar de chorar pensando nessas coisas? — quis saber ela.

— É assim que se faz — respondeu a Rainha de forma decidida. — Ninguém pode fazer duas coisas ao mesmo tempo, sabe. Vamos pensar na sua idade, para começar. Quantos anos você tem?

— Tenho exatamente sete anos e meio.

— Não precisa dizer "exatamente" — comentou a Rainha. — Posso acreditar sem isso. Agora lhe direi algo em que acreditar. Tenho apenas cento e um anos, cinco meses e um dia.

— Não acredito nisso! — exclamou Alice.

— Não? — a Rainha falou em tom de pena. — Tente novamente: respire fundo e feche os olhos.

Alice riu.

— Não adianta tentar — declarou. — Não dá para acreditar em coisas impossíveis.

— Acho que você não tem muita prática — observou a Rainha. — Quando tinha a sua idade, eu sempre fazia isso meia hora por dia. Ora, às vezes acredito em seis coisas impossíveis antes mesmo do café da manhã. Lá se vai o xale novamente!

O broche se abriu enquanto ela falava, e uma súbita rajada de vento soprou o xale da Rainha para a outra margem de um pequeno riacho.

A Rainha estendeu os braços novamente e voou atrás dele, e dessa vez conseguiu pegá-lo sozinha.

— Peguei! — gritou em um tom triunfante. — Agora você me verá prender tudo sozinha!

— Então imagino que seu dedo esteja melhor agora? — perguntou Alice educadamente, enquanto atravessava o pequeno riacho atrás da Rainha.

— Oh, bem melhor! — exclamou a Rainha, sua voz erguendo-se a um guincho enquanto prosseguia. — Bem melhor! Beeem melhor! Be-e-eem! Bé-é-é! — A última palavra terminou em um longo balido, tão parecido com uma ovelha que Alice se assustou.

Olhou para a Rainha, que parecia ter subitamente se enrolado em lã. Alice esfregou os olhos e olhou novamente. Não conseguia entender o que tinha acontecido. Ela estava em uma loja? E isso era mesmo... era mesmo uma *ovelha* que estava do outro lado do balcão?

Por mais que esfregasse os olhos, só conseguia divisar uma lojinha escura; estava com os cotovelos apoiados no balcão, e diante de si estava uma velha Ovelha, sentada em uma poltrona, tricotando, e vez ou outra, parava para fitá-la através de um grande par de óculos.

— O que deseja comprar? — perguntou a Ovelha por fim, erguendo os olhos por um minuto.

— Ainda não sei — respondeu Alice, muito gentilmente. — Gostaria de olhar tudo ao meu redor primeiro, se puder.

— Você pode olhar à sua frente e dos dois lados, se quiser — replicou a Ovelha —, mas não pode olhar tudo ao seu redor, a menos que tenha olhos na parte de trás da cabeça.

Mas isso Alice não tinha, então se contentou em se virar, olhando as prateleiras enquanto se aproximava.

A loja parecia cheia de todo tipo de coisas curiosas; mas a parte mais estranha era que, sempre que fixava o olhar em alguma prateleira, para descobrir exatamente o que tinha nela, essa prateleira em particular estava sempre bastante vazia: embora as outras ao redor estivessem tão apinhadas quanto possível.

— As coisas fogem por aqui! — disse por fim, em um tom de lamento, depois de passar um minuto em vão procurando uma coisa grande e brilhante, que às vezes parecia uma boneca, e outras parecia uma caixinha de costura, e estava sempre na prateleira acima da que estava olhando. — E este é o mais provocador de todos, mas quer saber? — acrescentou quando um pensamento repentino a atingiu. — Vou segui-lo até a prateleira mais alta de todos. Quero ver se vai conseguir atravessar o teto!

Mas nem mesmo esse plano deu certo: a "coisa" atravessou o teto o mais silenciosamente possível, como se o fizesse com frequência.

— Você é uma criança ou um pião? — perguntou a Ovelha, enquanto pegava outro par de agulhas. — Vai acabar me deixando tonta se continuar girando assim. — Agora ela estava trabalhando com catorze pares de agulha ao mesmo tempo, e Alice não pôde deixar de observá-la com grande espanto.

"Como consegue tricotar com tantas agulhas?", pensou a criança confusa. "Ela fica cada vez mais parecida com um porco-espinho!"

— Sabe remar? — indagou a Ovelha, entregando-lhe um par de agulhas de tricô enquanto falava.

— Sim, um pouco... mas não em terra... e não com agulhas... — Alice estava começando a dizer, quando, de repente, as agulhas se transformaram em remos em suas mãos, e descobriu que estavam em um pequeno barco, deslizando entre as margens. Assim, não havia mais nada a fazer a não ser remar o melhor que podia.

— Embicar! — berrou a Ovelha, enquanto pegava outro par de agulhas.

Não parecia que esse comentário precisava de resposta, então Alice não disse nada, mas continuou a remar. Havia algo muito estranho na água, ela pensou, pois às vezes os remos enganchavam e era muito difícil arrancá-los.

— Embicar! Embicar! — gritou a Ovelha novamente, pegando mais agulhas. — Você vai acabar pegando um caranguejo se continuar assim.

"Um caranguejinho bonitinho", pensou Alice. "Eu gostaria disso".

— Não me ouviu dizer "embicar"? — bradou a Ovelha com raiva, pegando um monte de agulhas.

— De fato ouvi — afirmou Alice. — Você disse isso várias vezes, e muito alto. Por favor, onde estão os caranguejos?

— Na água, é claro! — respondeu a Ovelha, enfiando algumas agulhas nos cabelos dela, já que suas mãos estavam ocupadas. — Embicar, já disse!

— Por que diz "embicar" com tanta frequência? — perguntou Alice por fim, um pouco irritada. — Não sou um pássaro!

— É, sim — retrucou a Ovelha. — É um gansinho tonto.

Alice se ofendeu um pouco com isso, então não houve mais conversa por um minuto ou dois, enquanto o barco deslizava suavemente, às vezes entre amontados de ervas daninhas (o que fazia os remos engancharem na água, mais do que nunca), e às vezes sob as árvores, mas sempre com as mesmas margens altas sobre suas cabeças.

— Oh, por favor! Há juncos perfumados! — Alice exclamou em súbito deleite. — Realmente existem... e são *tão* lindos!

— Não precisa me dizer "por favor" por causa deles — replicou a Ovelha, sem tirar os olhos do tricô. — Não os coloquei lá e não os levarei embora.

— Não, mas eu quis dizer... por favor, podemos esperar e pegar alguns? — implorou Alice. — Se não se importar de pararmos o barco por um minuto.

— Como *nós* vamos pará-lo? — questionou a Ovelha. — Se parar de remar, ele vai parar por si só.

Então deixaram o barco flutuar pelo riacho até deslizar suavemente entre os juncos. Depois, as mangas foram arregaçadas com cuidado, e os bracinhos foram mergulhados na altura dos cotovelos para apanhar os juncos antes de quebrá-los; e, por um tempo, Alice esqueceu tudo sobre ovelhas e tricô, enquanto inclinava-se para o lado do barco, as pontas dos cabelos emaranhados imergindo na água, enquanto fitava, com olhos ansiosos e brilhantes, um grupo após outro dos queridos juncos perfumados.

"Só espero que o barco não vire!", falou para si mesma. "Oh, que adorável esse ali! Pena que não consigo alcançá-lo." E certamente pareceu um pouco irritante ("quase como se tivesse acontecido de propósito", pensou ela) que, embora conseguisse colher muitos juncos bonitos enquanto o barco passava, sempre havia um mais adorável que ela não conseguia alcançar.

— Os mais bonitos estão sempre mais longe! — disse por fim e deu um suspiro diante da obstinação dos juncos em crescerem tão longe. Com as bochechas coradas e as mãos pingando, ela voltou para o seu lugar e começou a arrumar seus novos tesouros.

O que lhe importava, naquele momento, que os juncos tivessem começado a desaparecer e a perder todo o seu perfume e beleza, desde o momento em que os colhera? Até mesmo juncos perfumados de verdade, você sabe, duram pouquíssimo tempo; e estes, sendo juncos dos sonhos, derreteram quase como neve, conforme deitavam aos seus pés. Alice, porém, mal se deu conta, pois tinha outras coisas curiosas sobre as quais pensar.

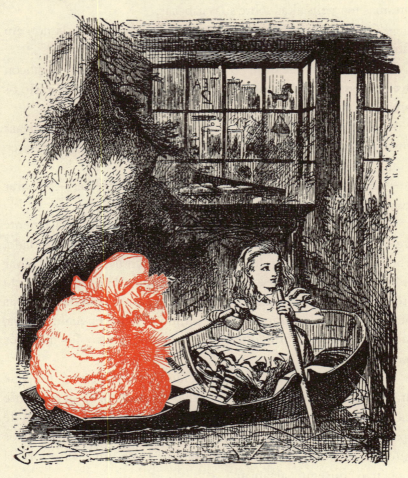

Elas não haviam ido muito longe quando a pá de um dos remos enroscou-se na água e não queria mais sair (como Alice explicou depois), e a consequência foi que o cabo do remo acertou o queixo da menina, e, apesar de uma série de pequenos gritos de "Ai, ai, ai!" da pobre Alice, ela acabou caindo do assento diretamente na pilha de juncos.

No entanto, ela não se machucou e logo ficou de pé. A Ovelha continuou tricotando o tempo todo, como se nada tivesse acontecido.

— Você pegou um caranguejo dos bons! — comentou ela, quando Alice voltou ao seu lugar, muito aliviada por ainda estar no barco.

— Foi mesmo? Eu não o vi — respondeu Alice, espiando cautelosamente a água escura pela lateral do barco. — Gostaria que ele não tivesse soltado o remo! Eu adoraria levar um pequeno caranguejo para casa comigo!

Mas a Ovelha apenas riu com desdém e continuou a tricotar.

— Há muitos caranguejos por aqui? — quis saber Alice.

— Caranguejos e todo tipo de coisa — respondeu a Ovelha. — Muitas opções de escolha, apenas se decida. Agora, o que quer comprar?

— Comprar! — Alice ecoou em um tom meio atônito e assustado, pois os remos, o barco e o rio desapareceram em um instante, e ela voltou à pequena loja escura.

— Gostaria de comprar um ovo, por favor — pediu timidamente. — Quanto custa?

— Cinco pence por um... dois pence por dois — respondeu a Ovelha.

— Então dois são mais baratos do que um? — indagou Alice, surpresa, pegando a bolsa.

— Mas, se comprar os dois, deve comê-los — alertou a Ovelha.

— Então, quero só um, por favor — pediu Alice e colocou o dinheiro no balcão. Pois pensou consigo mesma: "Eles podem não ser nada gostosos."

A Ovelha pegou o dinheiro, guardou em uma caixa e disse:

— Nunca ponho coisas nas mãos das pessoas... você nunca deve fazer isso. Deve pegá-lo sozinha. — E dizendo isso, foi para o outro lado da loja e colocou o ovo em uma prateleira.

"Fico me perguntando por que seria tão inconveniente?", pensou Alice, enquanto passava com dificuldade por entre as mesas e cadeiras, pois a loja estava ficando muito escura. "Quanto mais eu ando em direção a ele, mais distante o ovo parece ficar. Deixe-me ver, isso é uma cadeira? Ora, tem galhos! Como é estranho encontrar árvores crescendo aqui! E aqui está um pequeno riacho! Bem, esta é a loja mais estranha que já vi!

Assim ela foi, espantando-se mais e mais a cada passo, pois todas as coisas viravam árvore quando as alcançava, e ela tinha a sensação de que o ovo faria o mesmo.

Capítulo VI

Humpty Dumpty

O ovo, no entanto, ficou cada vez maior, e cada vez mais humano. Quando chegou a alguns metros dele, viu que tinha olhos, nariz e boca; e, quando se aproximou, viu claramente que era o próprio Humpty Dumpty. "Não pode ser mais ninguém!", ela disse para si mesma. "Tenho tanta certeza disso, como se o nome dele estivesse escrito em seu rosto".

Teria sido possível escrever seu nome cem vezes, pois o rosto era enorme. Humpty Dumpty estava sentado com as pernas cruzadas, como um turco, em cima de um muro alto, tão estreito que Alice se perguntava como ele era capaz de se equilibrar. Como seus olhos estavam fixos na direção oposta, e não a notou, ela pensou que, no fim das contas, ele devia ser uma criatura arrogante.

— E como se parece com um ovo! — disse ela em voz alta, de pé, com as mãos esticadas para pegá-lo, pois imaginava que fosse cair a qualquer momento.

— É muito irritante — disse Humpty Dumpty após um longo silêncio, olhando para longe de Alice enquanto falava — ser chamado de ovo... muito!

— Disse que se *parecia* com um ovo, senhor — explicou Alice gentilmente. — E alguns ovos são muito bonitos, sabe — acrescentou, esperando transformar seu comentário em uma espécie de elogio.

— Algumas pessoas — observou Humpty Dumpty, o olhar fixo em um ponto distante, como sempre — parecem não ter mais noção do que um bebê!

Alice não sabia o que responder: "não é nada como uma conversa", pensou, pois ele nunca se dirigiu a ela. De fato, fez seu último comentário olhando diretamente para uma árvore, então ela se levantou e suavemente repetiu para si mesma:

Humpty Dumpty em um muro se sentou
Humpty Dumpty caiu e se esborrachou.
Nem todos os cavalos e homens do rei conseguiram colocar
Humpty Dumpty de volta em seu lugar.

— Essa penúltima linha é muito longa para a poesia — acrescentou quase em voz alta, esquecendo-se de que Humpty Dumpty a ouviria.

— Não fique parada conversando sozinha — falou Humpty Dumpty, olhando-a pela primeira vez. — Diga-me seu nome e a que vem.

— Meu nome é Alice, mas...

— É um nome bastante estúpido! — interrompeu Humpty Dumpty, impaciente. — O que significa?

— Um nome deve significar alguma coisa? — perguntou Alice, incerta.

— É claro que deve — respondeu Humpty Dumpty com uma risada curta. — O significado do meu nome é a forma que tenho... e que forma bonita é essa. Com um nome como o seu, você pode ter quase qualquer forma.

— Por que você fica aqui sozinho? — indagou Alice, sem querer dar início a uma discussão.

— Ora, porque não há ninguém aqui comigo! — exclamou Humpty Dumpty. Você achou que eu não sabia a resposta para isso? Pergunte outra coisa.

— Não acha que estaria mais seguro no chão? — continuou Alice, não com intenção de propor outro enigma, apenas por estar um pouco preocupada com a estranha criatura. — Esse muro é muito estreito!

— Que perguntas tremendamente fáceis você faz! — resmungou Humpty Dumpty. — Claro que não acho! Ora, se alguma vez eu cair, o que não vai acontecer, mas se eu cair... — Então ele franziu os lábios e parecia tão solene e grandioso que Alice mal conseguiu conter o riso. — Se eu cair — continuou —, o rei prometeu, em pessoa, que... que...

— Que mandaria todos os seus cavalos e todos os seus homens — Alice interrompeu de maneira bastante imprudente.

— Ora, isso é muito ruim! — gritou Humpty Dumpty em um rompante de fúria. — Você estava ouvindo atrás das portas... e atrás das árvores... e enquanto limpava chaminés... ou não poderia saber disso!

— Não fiz nada disso! — respondeu Alice muito gentilmente. — Está em um livro.

— Ah, bem! Eles podem escrever essas coisas em um livro — concordou Humpty Dumpty em um tom mais calmo. — Isso é o que você chama de História da Inglaterra. Agora, dê uma boa olhada em mim! Sou alguém que falou com um Rei, sou sim. Talvez nunca veja outro, e para mostrar que não sou orgulhoso, permito que aperte minha mão!

— E ele sorriu de orelha a orelha enquanto se inclinava para frente (e quase caía do muro), e estendeu a mão para Alice. Ela o observou com certa ansiedade enquanto o cumprimentava. "Se sorrir um pouco mais, os cantos da boca vão se juntar na parte de trás da cabeça", pensou ela, "e então não sei o que aconteceria! Tenho medo de que ela caia!".

— Sim, todos os seus cavalos e todos os seus homens — continuou Humpty Dumpty. — Eles me pegariam em um minuto, pegariam, sim! Essa conversa, porém, está indo um pouco rápido demais. Vamos voltar para seu penúltimo comentário.

— Acho que não consigo me lembrar — disse Alice de forma educada.

— Nesse caso, começamos do zero — declarou Humpty Dumpty. — E é minha vez de escolher um assunto. — ("Ele fala como se isso fosse um jogo!", pensou Alice.) — Então, aqui está uma pergunta para você: quantos anos disse que tinha?

Alice fez um breve cálculo e respondeu:

— Sete anos e seis meses.

— Errado! — exclamou Humpty Dumpty triunfantemente. — Você nunca disse nada disso!

— Pensei que você quis dizer "Quantos anos você tem?" — explicou Alice.

— Se quisesse dizer isso, teria dito — retrucou Humpty Dumpty.

Alice não queria começar outra discussão, então permaneceu em silêncio.

— Sete anos e seis meses! — repetiu Humpty Dumpty, pensativo. — Uma idade bastante desconfortável. Agora, se tivesse pedido meu conselho, eu teria dito "Pare aos sete", mas agora é tarde demais.

— Nunca peço conselhos sobre crescimento — respondeu Alice, indignada.

— É tão orgulhosa assim? — o outro perguntou.

Alice sentiu-se ainda mais indignada com essa observação.

— Quero dizer — começou ela —, que não é possível que uma pessoa pare de envelhecer.

— Talvez *uma* pessoa não possa — falou Humpty Dumpty. — Mas *duas* podem. Com o auxílio adequado, você poderia ter parado aos sete.

— Que belo cinto está usando! — comentou Alice de repente. (Ela pensou que já tinham debatido bastante sobre idade, e se realmente se revezavam na escolha dos assuntos, agora era a vez dela.) — Quero dizer... — corrigiu-se, pensando melhor. — Deveria ter dito uma linda gravata... não, um cinto, quero dizer... peço perdão! — acrescentou, consternada, pois Humpty Dumpty parecia completamente ofendido, e ela começou a desejar não ter escolhido esse assunto. "Se pelo menos soubesse o que era o pescoço e o que era a cintura...", pensou.

Estava evidente que Humpty Dumpty se zangara muito, embora não tenha dito nada por um minuto ou dois. Quando voltou a falar, foi com um rosnado profundo.

— É muito... irritante — comentou ele por fim — quando uma pessoa não consegue diferenciar uma gravata de um cinto!

— Sei que é muita ignorância da minha parte — Alice replicou em um tom tão humilde que Humpty Dumpty cedeu.

— É uma gravata, criança, e uma muito bonita, como diz. É um presente do Rei e Rainha Brancos. O que achou?

— É mesmo? — perguntou Alice, bastante satisfeita ao descobrir que, afinal, havia escolhido um bom assunto.

— Eles me deram... — continuou Humpty Dumpty, pensativo, enquanto cruzava um joelho sobre o outro e apoiava as mãos sobre eles. — Eles me deram... como um presente de desaniversário.

— Perdão? — disse Alice com ar confuso.

— Não estou ofendido — retrucou Humpty Dumpty.

— Quero dizer, o que é um presente de desaniversário?

— Um presente dado quando não é seu aniversário, é claro.

Alice ponderou um pouco.

— Gosto mais dos presentes de aniversário — disse por fim.

— Não sabe do que está falando! — exclamou Humpty Dumpty. — Quantos dias existem em um ano?

— Trezentos e sessenta e cinco — respondeu Alice.

— E você faz quantos aniversários?

— Um.

— E se subtrair um de trezentos e sessenta e cinco, o que resta?

— Trezentos e sessenta e quatro, é claro.

Humpty Dumpty não pareceu muito convencido.

— Prefiro ver isso no papel — declarou.

Alice não conseguiu evitar de sorrir ao pegar seu bloco de anotações e fazer a conta:

$$365$$
$$- 1$$
$$364$$

Humpty Dumpty pegou o caderno e olhou com atenção.

— Isso parece ter sido feito corretamente — começou.

— Você está segurando de cabeça para baixo! — Alice interrompeu.

— Pode ter certeza que sim! — respondeu Humpty Dumpty alegremente, enquanto ela o desvirava para ele. — Pensei que parecia um pouco estranho. Como estava dizendo, isso parece estar certo... embora ainda não tenha tido tempo de examinar minuciosamente... e isso mostra que há trezentos e sessenta e quatro dias em que você pode receber presentes de desaniversário.

— De fato — concordou Alice.

— E apenas um dia para presentes de aniversário, sabe. Há glória para você!

— Não sei o que quer dizer com "glória" — observou Alice.

Humpty Dumpty sorriu com desdém.

— Claro que não... até eu lhe contar. Quis dizer que há um bom e chocante argumento para você!

— Mas "glória" não significa "um bom e chocante argumento" — objetou Alice.

— Quando *eu* uso uma palavra — retrucou Humpty Dumpty em um tom bastante desdenhoso —, ela significa exatamente o que quero que signifique... nem mais nem menos.

— A questão é — começou Alice — se você pode fazer com que as palavras signifiquem tantas coisas diferentes.

— A questão é — retrucou Humpty Dumpty — qual deve ser o principal... isso é tudo.

Alice ficou confusa demais para dizer qualquer coisa. Então, depois de um minuto, Humpty Dumpty tornou a falar:

— Algumas delas têm um temperamento... principalmente os verbos, que são os mais orgulhosos... com os adjetivos você pode fazer qualquer coisa, mas não com os verbos. Ainda assim, posso dominar todos eles! Impenetrabilidade! É isso que eu digo!

— Poderia me dizer, por favor — pediu Alice —, o que isso significa?

— Agora você fala como uma criança sensata — apontou Humpty Dumpty, parecendo muito satisfeito. — Com "impenetrabilidade", eu quis dizer que já falamos bastante sobre esse assunto, e que seria melhor se você mencionasse o que pretende fazer a seguir, pois imagino que não tenha a intenção de passar o resto da vida parada aqui.

— É um significado muito grande para uma só palavra — comentou Alice, pensativa.

— Quando deixo uma palavra tão atarefada assim — explicou Humpty Dumpty —, sempre pago um pouco mais.

— Oh! — exclamou Alice. Estava intrigada demais para fazer qualquer outra observação.

— Ah! Você devia vê-las se juntando a mim no sábado à noite — continuou Humpty Dumpty, balançando a cabeça com seriedade. — Elas vêm para receber seus salários, sabe.

(Alice não se atreveu a perguntar com o que as pagava, então, como percebe, não posso contar a você).

— Você parece muito bom em explicar as palavras, senhor — comentou Alice. — Poderia me dizer o significado do poema chamado "Jaguadarte"?

— Vamos ouvir — pediu Humpty Dumpty. — Posso explicar todos os poemas que já foram inventados... e muitos que ainda não foram.

Isso parecia muito esperançoso, então Alice repetiu o primeiro verso:

Como era brilhantizo, e os dedos escorregantes
Giro as cavas e persondas;
Todos mimicandos foram os borogoves,
E o momo porverdidos estriguila.

— É o suficiente para começar — interrompeu Humpty Dumpty. — Há muitas palavras difíceis nessa parte. "Brilhantizo" significa quatro horas da tarde, quando o sol começa a se pôr e os raios param de brilhar.

— Isso parece certo — respondeu Alice. — E "escorregantes"?

— Bem, "escorregantes" significa "ágil e viscoso". "Ágil" é o mesmo que "ativo". Perceba que é como uma mala: há dois significados embalados em uma só palavra.

— Agora percebo — comentou Alice, pensativa. — E o que são "mimicandos"?

— Bem, são parecidos com texugos... e com lagartos... e com saca-rolhas.

— Devem ser criaturas de aparência muito curiosa.

— São mesmo — concordou Humpty Dumpty. — E fazem seus ninhos debaixo dos relógios de sol... e se alimentam de queijo.

— E o que é o "giro" e "cavas"?

— "Giro" é girar e girar como um giroscópio. "Cava" é fazer buracos como uma cavadeira.

— E o "persondas", é a grama em volta de um relógio de sol, suponho? — perguntou Alice, surpresa com sua própria sagacidade.

— Claro que é. É chamado assim, sabe, porque vai muito antes e muito atrás dela.

— E muito além de cada lado — acrescentou Alice.

— Exatamente assim. Bem, então, "momo" é "frágil e infeliz" (mais uma palavra que se assemelha a uma mala). E um "borogove" é um pássaro de aparência surrada, com as penas espetadas para todas as direções... algo como um esfregão com vida própria.

— E então "porverdidos"? — perguntou Alice. — Acho que estou dando muito trabalho a você.

— Bem, um "porverdido" é uma espécie de porco verde: mas não tenho certeza. Eu acho que é outro jeito de dizer "rato", o que significa outro bicho, você sabe.

— E o que significa "estriguilar"?

— Bem, é algo entre gritar e assobiar, com uma espécie de espirro no meio. No entanto, você poderá ouvir isso, talvez... lá na floresta... e, quando ouvir uma vez, ficará bastante satisfeita. Quem foi que recitou todas essas coisas difíceis para você?

— Eu li em um livro — respondeu Alice. — Mas recitaram um pouco de poesia para mim, uma bem mais fácil que essa... Foi Tweedledee quem recitou. Eu acho que foi...

— Quanto à poesia, sabe — interrompeu Humpty Dumpty, esticando uma de suas grandes mãos —, sou tão bom em recitá-las quanto qualquer outro, se for o caso...

— Oh, não é necessário! — respondeu Alice às pressas, na gana de impedi-lo de começar.

— A obra que vou recitar — ele continuou sem prestar atenção ao comentário dela — foi escrita inteiramente para sua diversão.

Alice sentiu que, nesse caso, realmente deveria ouvi-lo, então se sentou e agradeceu com certa tristeza.

No inverno, quando o campo está branco,
Para o seu prazer essa música eu canto...

— Só que eu não canto — acrescentou como explicação.

— Vi que não — observou Alice.

— Se você consegue ver se estou cantando ou não, seus olhos são mais afiados do que os da maioria — comentou Humpty Dumpty com severidade. Alice ficou calada.

Na primavera, quando a floresta está ficando verde,
Vou tentar lhe dizer o que quero dizer.

— Muito obrigada — disse Alice.

No verão, quando os dias são longos,
Talvez você entenda a música:
No outono, quando as folhas são marrons,
Pegue caneta e tinta e anote.

— Farei isso, se me lembrar depois de tanto tempo — comentou Alice.

— Você não precisa fazer comentários como esse — observou Humpty Dumpty. — Eles não são sensatos e me desconcentram.

Enviei uma mensagem para o peixe:
Eu disse a eles: "É isso que eu desejo".

Os peixinhos do mar,
Eles enviaram uma resposta de volta para mim.
A resposta dos peixinhos foi
Não podemos fazer isso, senhor, porque...

— Receio não ter entendido direito — falou Alice.
— Depois fica mais fácil — respondeu Humpty Dumpty.

Enviei a eles novamente para dizer
"Seria melhor obedecer".

Os peixes responderam com um sorriso,
"Ora, você tem um temperamento!"

Eu disse a eles uma vez, eu disse a eles duas vezes:
Eles não quiseram ouvir o conselho.

Peguei uma chaleira grande e nova,
Apto para a ação que eu tinha a fazer.

Meu coração pulou, meu coração bateu forte;
Enchi a chaleira na bomba.

Então alguém veio até mim e disse:
"Os peixinhos estão na cama."

Eu disse a ele, eu disse claramente,
"Então você deve acordá-los novamente."

Eu disse isso muito alto e claro;
Eu fui e gritei no ouvido dele.

A voz de Humpty Dumpty se elevou a quase um grito ao recitar esse verso e Alice pensou com um calafrio: "Eu não teria sido o mensageiro por *nada!*".

Mas ele era muito rígido e orgulhoso;
Ele disse: "Você não precisa gritar tão alto!"

E ele estava muito orgulhoso e estufado;
Ele disse: "Eu iria acordá-los, se..."

Peguei um saca-rolhas da prateleira:
E fui acordá-los eu mesmo.

E quando vi a porta trancada,
Puxei, empurrei e bati.

E quando encontrei a porta fechada,
Tentei girar a maçaneta, mas...

Houve uma longa pausa.

— Isso é tudo? — perguntou Alice timidamente.

— Isso é tudo — confirmou Humpty Dumpty. — Adeus.

"Isso foi repentino", pensou Alice. Porém, depois de uma sugestão tão forte de que deveria ir, ela sentiu que não seria de bom-tom permanecer ali. Então, se levantou e estendeu a mão:

— Adeus, até que nos encontremos de novo! — disse o mais alegremente possível.

— Eu não a reconheceria se nos encontrássemos de novo — respondeu Humpty Dumpty em um tom descontente, dando-lhe um de seus dedos para sacudir. — Você é exatamente igual às outras pessoas.

— Em geral, é o rosto que conta — comentou Alice em tom pensativo.

— É disso que reclamo — observou Humpty Dumpty. — Seu rosto é igual ao de todos: tem dois olhos, então... — (marcando os dois com o polegar) — nariz no meio e boca embaixo. É sempre a mesma coisa. Agora, se você tivesse os dois olhos do mesmo lado do nariz, por exemplo... ou a boca no topo... isso ajudaria.

— Não teria uma aparência agradável — objetou Alice.

Mas Humpty Dumpty apenas fechou os olhos e disse:

— Espere até você tentar.

Alice esperou um minuto para ver se ele falaria novamente, mas como ele não tornou a abrir os olhos ou a notar sua presença, ela disse "adeus!" mais uma vez e, sem receber nada em resposta, afastou-se silenciosamente. Não pôde deixar de dizer a si mesma: "De todas as pessoas insatisfatórias..." (repetiu isso em voz alta, pois era um grande conforto ter uma palavra tão longa a dizer) "de todas as pessoas insatisfatórias que já conheci..." Ela nunca terminou a frase, pois, nesse momento, um forte estrondo sacudiu a floresta de ponta a ponta.

CAPÍTULO VII

O Leão e o Unicórnio

No instante seguinte, os soldados correram pela floresta, a princípio em pares e trios, depois dez ou vinte juntos, e por fim, em grupos tão grandes que pareciam encher a floresta inteira. Alice ficou atrás de uma árvore, com medo de ser pisoteada, e observou-os passar.

Ela pensou que em toda a sua vida nunca tinha visto soldados tão indecisos: sempre tropeçavam em uma coisa ou outra; e sempre que um caía, muitos outros sempre caíam sobre ele, de modo que o chão logo ficou coberto de montinhos de homens.

Então vieram os cavalos. Tendo quatro patas, eles conseguiram se arranjar melhor do que os soldados de infantaria; mas até eles tropeçavam de vez em quando; e parecia ser uma regra que, sempre que um cavalo tropeçava, o cavaleiro caía instantaneamente. A confusão piorava a cada momento, e Alice ficou muito feliz ao sair da floresta em direção a um local aberto, onde encontrou o Rei Branco sentado no chão, ocupando-se de anotar algo em seu bloco.

— Enviei-os todos! — exclamou o Rei em tom de prazer ao ver Alice. — Você viu algum soldado, minha querida, enquanto atravessava a floresta?

— Sim, sim — respondeu Alice. — Acho que vi milhares.

— Quatro mil duzentos e sete é o número exato — declarou o Rei, conferindo o bloco de anotação. — Não poderia enviar todos os cavalos, você sabe, porque dois deles são necessários no jogo. E também não enviei os dois Mensageiros. Ambos foram para a cidade. Basta olhar ao longo da estrada e me dizer se consegue enxergar qualquer um deles.

— Ninguém à vista — disse Alice.

— Eu só queria ter esses olhos — observou o Rei em um tom irritado. — Ser capaz de ter "ninguém" à vista! E a essa distância! Ora, o máximo que consigo fazer nessa luz é enxergar pessoas reais!

Tudo isso era confuso para Alice, que ainda estava olhando atentamente ao longo da estrada, protegendo os olhos com uma mão.

— Estou vendo alguém agora! — exclamou finalmente. — Mas ele está voltando muito devagar, e como se comporta de forma curiosa! — (Pois o mensageiro continuava pulando para cima e para baixo e se contorcendo como uma enguia, enquanto se aproximava, com as grandes mãos estendidas de cada lado como leques).

— De forma alguma — comentou o Rei. — Ele é um Mensageiro anglo-saxão, e esse é o comportamento anglo-saxão. Ele só faz isso quando está feliz. O nome dele é Haigha. — (Ele pronunciou para rimar com "*mayor*").

— Amo meu amor com H — Alice não conseguiu evitar de começar — porque ele é Habilidoso. Eu o odeio com um H, porque é Horroroso. Eu o alimentei com... com... hadoque e hortaliças. O nome dele é Haigha, e ele mora... mora...

— Ele mora no Hotel — completou o Rei, sem a menor ideia de que estava entrando no jogo, enquanto Alice ainda hesitava em busca de um lugar começando com H. — O outro Mensageiro chama-se Hatta. Eu devo ter dois, você sabe... para ir e vir. Um para vir e outro para ir.

— Perdão? — disse Alice.

— Não há nada para perdoar — comentou o Rei.

— Quis dizer que não entendi — Alice explicou. — Por que um vem e outro vai?

— E não falei? — repetiu o Rei, impaciente. — Preciso ter dois, para buscar e para trazer. Um vai buscar, o outro traz.

Nesse instante, o Mensageiro chegou. Não tinha fôlego nem para dizer uma só palavra e só conseguia acenar com as mãos e fazer caretas assustadoras para o pobre Rei.

— Esta jovem o ama com um H — comentou o Rei, apresentando Alice na esperança de desviar a atenção do Mensageiro de si mesmo. Não adiantou, porém, e o comportamento anglo-saxão tornava-se mais extraordinário a cada instante, enquanto os grandes olhos iam de um lado para o outro, de forma desvairada. — Você me assusta! — bradou o Rei. — Sinto-me fraco. Dê-me um hadoque!

Então o Mensageiro, para grande diversão de Alice, abriu uma sacola que trazia pendurada no pescoço e entregou o hadoque ao Rei, que o devorou avidamente.

— Outro! — ordenou o Rei.

— Não resta nada além de hortaliças agora — declarou o Mensageiro, espiando dentro da sacola.

— Hortaliças, então — murmurou o Rei. Alice ficou feliz em ver que isso o animou bastante. — Não há nada como comer hortaliças quando está quase desmaiando — comentou, enquanto mastigava.

— Acho que jogar água fria no rosto teria sido melhor — sugeriu Alice. — Ou alguns sais.

— Não disse que não havia nada melhor — retrucou o Rei. — Disse que não havia nada como fazer isso. — O que Alice não se atreveu a negar. — Passou por quem pela estrada? — continuou o Rei, estendendo a mão para o Mensageiro para pegar mais um punhado de hortaliças.

— Por ninguém — respondeu o Mensageiro.

— Está certo — comentou o Rei. — Essa jovem também o viu. Então é claro que Ninguém anda mais devagar do que você.

— Faço o meu melhor — declarou o Mensageiro em um tom aborrecido. — Tenho certeza de que ninguém anda muito mais rápido do que eu!

— Ele não consegue fazer isso — apontou o Rei —, ou estaria aqui primeiro. Agora que recuperou o fôlego, porém, pode nos contar o que aconteceu na cidade.

— Vou sussurrar — disse o Mensageiro, colocando as mãos na boca em forma de trompete e curvando-se para se aproximar do ouvido do Rei. Alice ficou desapontada com isso, pois também queria ouvir as notícias. No entanto, em vez de sussurrar, ele simplesmente gritou em um tom bastante elevado: — Eles estão de volta!

— Você chama isso de sussurro? — exclamou o pobre Rei, pulando e estremecendo. — Se fizer uma coisa dessas de novo, mandarei amanteigá-lo! Abalou minha cabeça como um terremoto!

"Teria que ser um terremoto muito pequeno!", pensou Alice.

— Quem está de volta? — ela se aventurou a perguntar.

— Ora, o Leão e o Unicórnio, é claro — respondeu o Rei.

— Lutando pela coroa?

— Sim, com certeza — falou o Rei. — E o melhor da piada é que é sempre pela minha coroa! Vamos correr e vê-los. — E partiram, Alice repetindo para si mesma, enquanto corria, as palavras da antiga canção:

Pela coroa lutavam o unicórnio e o leão:
O leão bateu no unicórnio por toda a cidade.
Alguns lhes deram branco, outros, integral, mas era tudo pão;
Alguns deram-lhes bolo de ameixa e os tamborilaram para
fora com toda efetividade.

— Aquele... que... vence... consegue a coroa? — perguntou, o melhor que pôde, pois a corrida a deixava sem fôlego.

— Minha nossa, não! — exclamou o Rei. — Que ideia!

— Vossa Majestade se importaria... — disse Alice, ofegante, depois de correr um pouco mais — de parar um minuto... apenas para recuperar o fôlego?

— Não me importaria nada — respondeu o Rei —, só que não sou forte o suficiente. Veja bem, um minuto passa tão terrivelmente rápido. Você também pode tentar impedir um Capturandam!

Alice não teve mais fôlego para conversar, então prosseguiram em silêncio, até que avistaram uma grande multidão, no meio da qual o Leão e o Unicórnio estavam brigando. Uma nuvem tão grande de poeira os envolvia que, a princípio, Alice não conseguiu distinguir qual era qual, mas logo discerniu o unicórnio pelo chifre.

Eles se postaram perto de onde Hatta, o outro Mensageiro, estava parado assistindo à luta, com uma xícara de chá em uma mão e uma fatia de pão com manteiga na outra.

— Ele acabou de sair da prisão e não havia terminado o chá quando foi levado — sussurrou Haigha para Alice. — E lá eles só servem conchas de ostras... então dá para ver que ele está com muita fome e sede. Como vai, caro amigo? — continuou ele, abraçando carinhosamente o pescoço de Hatta.

Hatta olhou em volta, assentiu e continuou a comer o pão com manteiga.

— Estava feliz na prisão, caro amigo? — indagou Haigha.

Hatta olhou em volta novamente, e dessa vez uma ou duas lágrimas escorreram por seu rosto. Porém, não disse uma palavra sequer.

— Fale logo! — gritou Haigha, impaciente. Mas Hatta apenas mastigou e bebeu um pouco mais de chá.

— Fale, vamos! — exclamou o Rei. — Como eles estão se saindo?

Hatta fez um esforço desesperado e engoliu um grande naco de pão com manteiga.

— Estão se saindo muito bem — respondeu com a voz embargada. — Cada um caiu cerca de oitenta e sete vezes.

— Então, imagino que logo trarão o pão branco e o pão integral? — Alice atreveu-se a comentar.

— Está esperando por eles agora — replicou Hatta. — Estou comendo um pedacinho dele.

Houve uma pausa na luta naquele momento, e o Leão e o Unicórnio sentaram-se ofegantes, enquanto o Rei gritava:

— Dez minutos para que se alimentem!

Haigha e Hatta começaram a trabalhar de imediato, carregando bandejas de pães brancos e pães integrais. Alice pegou um pedaço para provar, mas estava muito seco.

— Acho que não vão continuar lutando hoje — comentou o Rei a Hatta. — Vá pedir que os tambores comecem. — E Hatta foi embora pulando como um gafanhoto.

Por um minuto ou dois, Alice ficou em silêncio observando-o. De repente, ela se entusiasmou:

— Olha, olha! — gritou, apontando com animação. — Lá vem a Rainha Branca correndo pela área! Veio voando pela floresta… como essas Rainhas correm rápido!

— Há um inimigo atrás dela, sem dúvidas! — o Rei comentou, sem sequer olhar ao redor. — A floresta está cheia deles.

— Mas você não vai correr e ajudá-la? — indagou Alice, muito surpresa por ele estar tão calmo.

— Não adianta, não adianta! — respondeu o Rei. — Ela corre tão terrivelmente rápido. Seria como tentar pegar um Capturandam! Mas, se desejar, farei uma anotação sobre ela... ela é uma Rainha boa e querida... — repetiu suavemente para si mesmo, ao abrir seu bloco de anotações. — "Rainha" se escreve com dois erres?

Nesse momento, o Unicórnio se aproximou, com as mãos nos bolsos.

— Desta vez eu ganhei? — perguntou ao Rei, lançando um olhar ao passar.

— Um pouco, um pouco — o Rei respondeu com nervosismo. — Não deveria tê-lo acertado com seu chifre, sabe.

— Não o machucou — contrapôs o Unicórnio, despreocupado, e ia prosseguindo quando seus olhos recaíram sobre Alice. Ele virou-se instantaneamente e a encarou por algum tempo com um ar da mais profunda repugnância. — O que é isso? — perguntou por fim.

— É uma criança! — respondeu Haigha, ansioso, postando-se em frente a Alice para apresentá-la e estendendo as duas mãos para ela em um comportamento anglo-saxão. — Só a encontramos hoje. Tamanho real e duas vezes mais natural.

— Sempre pensei que eram monstros fabulosos! — exclamou o Unicórnio. — Está viva?

— E sabe falar — observou Haigha, solenemente.

O Unicórnio a olhou de forma sonhadora, e pediu:

— Fale, criança.

Alice não pôde evitar que seus lábios se curvassem em um sorriso quando começou:

— Sabe, também sempre pensei que os Unicórnios eram monstros fabulosos! Nunca havia visto um vivo antes!

— Bem, agora que nos vimos — declarou o Unicórnio —, se acredita em mim, eu acredito em você. Acha um bom negócio?

— Sim, se desejar — respondeu Alice.

— Vamos, pegue o bolo de ameixa, velhote! — continuou o Unicórnio, virando-se para o Rei. — Não quero o seu pão integral!

— Certamente... certamente! — murmurou o Rei e acenou para Haigha. — Abra a sacola! — sussurrou. — Rápido! Não é essa, está cheia de hortaliças!

Haigha tirou um grande bolo da sacola e o entregou para Alice enquanto pegava um prato e uma faca. Como conseguiu tirar tudo aquilo dali, Alice não tinha a menor ideia. Era como um truque de mágica, ela pensou.

O Leão juntou-se a eles enquanto isso acontecia; parecia muito cansado, sonolento e seus olhos estavam semicerrados.

— O que é isso? — perguntou, piscando preguiçosamente para Alice e falando em um tom profundo e cavernoso que parecia o soar de um grande sino.

— Ah, o que é isso, agora? — exclamou o Unicórnio, ansioso. — Nunca vai adivinhar! Eu não consegui.

O Leão lançou um olhar cansado para Alice.

— Você é animal, vegetal ou mineral? — perguntou, bocejando em cada palavra.

— É um monstro fabuloso! — bradou o Unicórnio, antes que Alice pudesse responder.

— Então passe o bolo de ameixa, Monstro — pediu o Leão, deitando-se e colocando o queixo entre as patas. — E sentem-se, vocês dois — (para o Rei e para o Unicórnio). — Jogo justo com o bolo, vocês sabem!

Era evidente o desconforto do Rei ao se sentar entre as duas criaturas, mas não havia outro lugar para ele.

— Que briga poderíamos ter pela coroa agora! — comentou o Unicórnio, olhando tão maliciosamente para a coroa, que estava quase caindo da cabeça do Rei, de tanto que o pobrezinho estremecia.

— Eu ganharia com facilidade — declarou o Leão.

— Não tenho tanta certeza disso — replicou o Unicórnio.

— Ora, eu o bati por toda parte, seu covarde! — o Leão respondeu com raiva, levantando-se enquanto falava.

Nesse momento, o Rei interrompeu para impedir a discussão. Estava muito nervoso e sua voz tremia:

— Por toda a parte? — perguntou. — É uma distância e tanto. Passaram pela ponte velha ou pelo mercado? Se tem a melhor vista sobre a ponte velha.

— Tenho certeza de que não sei — rosnou o Leão quando deitou-se novamente. — Havia muita poeira para se conseguir ver qualquer coisa. Mas que demora desse Monstro para cortar o bolo!

Alice sentou-se na margem de um pequeno riacho, com o grande prato sobre os joelhos, e foi cortando diligentemente com a faca.

— É muito irritante! — disse ela, em resposta ao Leão (estava se acostumando a ser chamada de Monstro). — Já cortei várias fatias, mas elas sempre se juntam novamente!

— Você não sabe como dominar bolos no Espelho — observou o Unicórnio. — Entregue-o primeiro e depois corte-o.

Isso soou um absurdo, mas Alice se levantou muito obedientemente, levou o prato de volta e, ao fazer isso, o bolo se dividiu em três pedaços.

— Agora, corte-o — pediu o Leão, quando ela voltou ao seu lugar com o prato vazio.

— Digo que isso não é justo! — exclamou o Unicórnio, quando Alice se sentou, a faca em mãos, e muito confusa sobre como começar. — O monstro deu ao leão duas vezes mais do que a mim!

— Ela não pegou nenhum pedaço para si mesma — comentou o Leão. — Gosta de bolo de ameixa, Monstro?

Mas antes que Alice pudesse responder, os tambores começaram a rufar. Ela não conseguia entender de onde vinha o barulho. O ar parecia cheio dele, e ressoava em sua cabeça até que se sentisse ensurdecida.

Começou a se levantar e saltou aterrorizada sobre o pequeno riacho, tendo tempo apenas de ver o Leão e o Unicórnio se levantarem, com olhares furiosos por terem seu banquete interrompido, antes de cair de joelhos e colocar as mãos sobre os ouvidos, tentando em vão silenciar o terrível barulho.

"Se isso não os expulsar da cidade", ela pensou consigo mesma, "nada mais irá!"

CAPÍTULO VIII

"É MINHA PRÓPRIA INVENÇÃO"

Depois de um tempo, o barulho pareceu desaparecer gradualmente, até que tudo ficou no mais absoluto silêncio. Então, Alice levantou a cabeça, ligeiramente alarmada. Não havia ninguém a ser visto, e seu primeiro pensamento foi que devia ter sonhado com o Leão e o Unicórnio e com o prato que ainda estava aos seus pés, sobre o qual ela tentara cortar o bolo de ameixa. "Afinal de contas, não estava sonhando", ela disse para si mesma. "A menos que… a menos que façamos parte do mesmo sonho. Só espero que seja o meu sonho, e não do Rei Vermelho!", continuou ela em tom de queixa. "Sinto muita vontade de acordá-lo para ver o que acontece!"

Nesse momento, seus pensamentos foram interrompidos por um grito alto de "Olá! Olá! Xeque!", e um Cavaleiro vestido com uma armadura carmesim passou por ela galopando, brandindo uma grande clava. No instante em que a alcançou, o cavalo parou de repente:

— Você é minha prisioneira! — o Cavaleiro gritou enquanto caía do cavalo.

Assustada como estava, Alice temia mais por ele do que por si mesma, e o observou com alguma ansiedade enquanto ele montava de novo. Assim que estava confortavelmente na sela, ele começou mais uma vez:

— Você é minha pris...

Porém, foi interrompido por outra voz, que disse:

— Olá! Olá! Xeque!

E Alice olhou em volta, surpresa com um novo inimigo.

Dessa vez era um Cavaleiro Branco. Ele parou ao lado de Alice e desceu do cavalo exatamente como o Cavaleiro Vermelho havia feito. Então voltou, e os dois Cavaleiros se sentaram e se entreolharam em silêncio por um tempo. Alice olhou com espanto de um para o outro.

— Ela é minha prisioneira, sabe? — disse o Cavaleiro Vermelho por fim.

— Sim, mas depois eu vim e a salvei! — respondeu o Cavaleiro Branco.

— Bem, devemos lutar por ela, então — disse o Cavaleiro Vermelho e pegou seu elmo (que pendia da sela e tinha o formato de uma cabeça de cavalo), e o colocou.

— Respeitará as regras da batalha, certo? — questionou o Cavaleiro Branco, também colocando o elmo.

— Sempre as respeito — contrapôs o Cavaleiro Vermelho, e começaram a bater um no outro com tanta fúria que Alice se escondeu atrás de uma árvore para não ser atingida por um dos golpes.

"Pergunto-me, agora, quais são as regras da batalha", disse para si mesma, enquanto assistia à luta, espiando timidamente de seu esconderijo. "Uma regra parece ser, que se um Cavaleiro bate no outro, ele o derruba do cavalo, e, se erra, cai de seu próprio cavalo. Outra regra parece ser que seguram suas clavas com os braços, como se fossem fantoches... Que barulheira fazem ao cair! Parecem um conjunto de atiçadores caindo sobre o guarda-fogo! E como os cavalos estão quietos! Permitem que montem e desmontem como se fossem mesas!"

Outra regra de batalha que Alice não havia notado, era de que pareciam sempre cair de cabeça, e a batalha terminou com os dois caindo dessa maneira, lado a lado. Quando se levantaram novamente, apertaram as mãos e então o Cavaleiro Vermelho subiu e partiu a galope.

— Foi uma vitória gloriosa, não foi? — perguntou o Cavaleiro Branco, quando se aproximou, ofegante.

— Não sei — respondeu Alice, incerta. — Não quero ser prisioneira de ninguém. Quero ser uma Rainha.

— Você será, assim que cruzar o próximo riacho — disse o Cavaleiro Branco. — Eu a levarei em segurança até o fim da floresta... e depois, preciso voltar, você sabe. É o fim do meu movimento.

— Muito obrigada — agradeceu Alice. — Posso ajudá-lo com seu elmo? — Estava evidente de que ele não daria conta de cuidar daquilo sozinho. Porém, ela finalmente conseguiu tirá-lo.

— Agora é mais fácil respirar — comentou o Cavaleiro, usando as duas mãos para jogar o cabelo desgrenhado para trás e virando o rosto gentil e os grandes olhos suaves para Alice. Ela pensou que nunca tinha visto um soldado tão estranho em toda a sua vida.

Ele estava vestido com uma armadura de latão, que não parecia lhe servir muito bem, e havia uma caixinha de pinho com um formato estranho presa ao ombro, com a ponta virada para baixo e a tampa aberta. Alice fitou-a com grande curiosidade.

— Vejo que está admirando minha caixinha! — disse o Cavaleiro em tom amigável. — É minha própria invenção, para guardar roupas e sanduíches. Veja, eu a carrego de cabeça para baixo, para que a chuva não entre nela.

— Mas as coisas não podem cair? — questionou Alice com delicadeza. — Sabe que a tampa está aberta?

— Eu não sabia — respondeu o Cavaleiro, uma sombra de irritação cobrindo seu rosto. — Então todas as coisas caíram! E a caixa não serve de nada! — Enquanto falava, ele a tirou do ombro e estava prestes a jogá-la nos arbustos, quando um súbito pensamento pareceu atingi-lo, e ele pendurou a caixa cuidadosamente em uma árvore. — Consegue adivinhar por que fiz isso? — perguntou a Alice.

Alice negou com a cabeça.

— Na esperança de que algumas abelhas a transformem em uma colmeia, então terei mel.

— Mas você tem uma colmeia, ou algo parecido, preso à sela — comentou Alice.

— Sim, é uma colmeia muito boa — respondeu o Cavaleiro em um tom descontente. — Uma das melhores. Mas nenhuma abelha chegou perto ainda. E a outra coisa é uma ratoeira. Imagino que os ratos mantêm as abelhas afastadas... ou as abelhas mantêm os ratos afastados. Não sei qual dos dois.

— Estava me perguntando para que serve a ratoeira — disse Alice. — Não é muito provável que haja ratos no lombo de um cavalo.

— Talvez não seja muito provável — retrucou o Cavaleiro —, mas se aparecerem, prefiro que não fiquem correndo por aí. Sabe... — continuou após uma pausa. — É melhor estar preparado para tudo. É por esse motivo que o cavalo tem todas aquelas tornozeleiras nas patas.

— Mas para que servem? — questionou Alice, denotando grande curiosidade.

— Para se protegerem de mordidas de tubarões — respondeu o Cavaleiro. — É uma invenção minha. E agora, me ajude. Vou até o fim da floresta com você. Para que serve o prato?

— É para o bolo de ameixa — respondeu Alice.

— É melhor levá-lo conosco — sugeriu o Cavaleiro. — Será útil se encontrarmos um bolo de ameixa. Ajude-me a colocá-lo nesta bolsa.

Demorou muito tempo para que conseguissem, embora Alice tenha mantido a bolsa aberta com muito cuidado, porque o Cavaleiro agia de forma muito desajeitada ao tentar guardar o prato: nas duas ou três primeiras vezes, quem caiu lá dentro foi ele mesmo.

— Ficou bem apertado, você vê — desculpou-se quando finalmente conseguiram. — Há tantos castiçais na bolsa. — E ele a pendurou na sela, que já estava carregada de cenouras, atiçadores de fogo e muitas outras coisas. — Espero que seu cabelo esteja bem preso — continuou quando partiram.

— Apenas da maneira que o prendo sempre — Alice replicou, sorrindo.

— Isso não é o suficiente — respondeu ele, ansioso. — Sinta como o vento é forte aqui. É tão forte quanto uma sopa.

— Você tem um plano para impedir que meu cabelo esvoace? — perguntou Alice.

— Ainda não — respondeu o Cavaleiro. — Mas tenho um plano para impedir que caia.

— Gostaria muito de ouvir isso.

— Primeiro você pega uma vara vertical — explicou o Cavaleiro. — Então vai enrolando o cabelo nela, como uma árvore frutífera. Agora, o cabelo só cai porque fica pendurado… as coisas nunca caem para cima, sabe. É um plano de minha própria invenção. Você pode tentar, se quiser.

Alice pensou que não parecia um plano confortável, e por alguns minutos continuou em silêncio, intrigada com a ideia. De vez em quando parava para ajudar o pobre Cavaleiro, que certamente não era bom em cavalgar.

Sempre que o cavalo parava (o que acontecia com muita frequência), ele caía na frente; e sempre que voltava a andar (o que geralmente acontecia de modo repentino), ele ficava para trás. Caso contrário, continuava muito bem, exceto que tinha o hábito de cair de lado vez ou outra; e como geralmente pendia para o lado em que Alice estava andando, ela logo descobriu que o melhor a se fazer era manter certa distância do cavalo.

— Percebo que não tem muita prática em cavalgar — aventurou-se a dizer, ajudando-o a se levantar de seu quinto tombo.

O Cavaleiro pareceu muito surpreso e um pouco ofendido com o comentário.

— Por que diz isso? — perguntou, enquanto voltava para a sela, segurando o cabelo de Alice com uma mão, para evitar cair do outro lado.

— Porque, quando têm prática, as pessoas não caem com tanta frequência.

— Tenho muita prática! — bradou o Cavaleiro com muita seriedade. — Muita prática mesmo!

Alice não conseguiu pensar em nada melhor para dizer do que "De verdade?", mas disse isso o mais cordialmente possível. Depois disso, permaneceram em silêncio enquanto seguiam, o Cavaleiro de olhos fechados, murmurando para si mesmo, e Alice em estado de alerta esperando o próximo tombo.

— A grande arte de cavalgar... — o Cavaleiro começou a falar de repente em uma voz alta, acenando com o braço direito enquanto falava — é manter...

Aqui a sentença terminou de forma tão repentina quanto havia começado, pois o Cavaleiro caiu pesadamente de cabeça bem no local em que Alice estava. Desta vez, ela ficou assustada e disse, em um tom ansioso, quando o levantou:

— Espero que nenhum osso esteja quebrado!

— Nenhum importante — respondeu o Cavaleiro, como se não se importasse em quebrar dois ou três ossos. — A grande arte de cavalgar, como estava dizendo, é manter o equilíbrio corretamente. Assim, preste atenção...

Ele soltou a rédea, e esticou os dois braços para mostrar a Alice o que ele queria dizer, e, dessa vez, caiu de costas, bem embaixo das patas do cavalo.

— Muita prática! — repetia sempre que Alice o colocava de pé novamente. — Muita prática!

— Isso é ridículo! — bradou Alice, perdendo toda a paciência de uma vez. — Você deveria ter um cavalo de madeira com rodinhas, isso sim!

— Será que esse tipo cavalga mais suavemente? — indagou o Cavaleiro em tom de grande interesse, passando os braços em volta do pescoço do cavalo enquanto falava, bem a tempo de se salvar de cair de novo.

— Muito mais suavemente do que um cavalo de verdade — respondeu Alice, soltando um risinho, apesar de tudo que fez para evitá-lo.

— Vou arranjar um — disse o Cavaleiro para si mesmo, perdido em pensamentos. — Um ou dois, ou vários.

Houve um breve silêncio depois disso, e então o Cavaleiro tornou a falar:

— Tenho uma boa mão para inventar as coisas. Agora, acho que percebeu que, na última vez em que me pegou, eu estava parecendo bastante pensativo?

— Você pareceu mesmo um pouco sério — concordou Alice.

— Bem, naquele momento eu estava inventando uma nova maneira de passar por cima de um portão... gostaria de ouvi-la?

— Certamente — respondeu Alice com educação.

— Vou lhe contar como tive a ideia — falou o Cavaleiro. — Veja, eu disse a mim mesmo: "A única dificuldade está nos pés, a cabeça já está alta o suficiente". Agora, primeiro coloco minha cabeça no topo do portão... depois fico de pé... depois os pés estão altos o suficiente, você vê... então passei para o outro lado, entendeu?

— Sim, imagino que passaria para o outro lado quando isso fosse feito — observou Alice, pensativa. — Mas não acha que seria um pouco difícil?

— Ainda não tentei — o Cavaleiro retrucou seriamente. — Então não posso ter certeza... mas temo que seja mesmo um pouco difícil.

Ele parecia tão irritado com a ideia, que Alice mudou de assunto às pressas:

— Que elmo curioso você tem! — exclamou alegremente. — Essa invenção também é sua?

O Cavaleiro lançou um olhar orgulhoso para o elmo pendurado na sela.

— É, sim — ele concordou. — Mas inventei um melhor do que esse... parecido com um pão de açúcar. Quando costumava usá-lo, se eu caísse do cavalo, ele sempre tocava o chão primeiro. Então a queda era muito curta, entende... Mas havia o perigo de cair dentro dele, e isso aconteceu comigo uma vez. E o pior foi que, antes que eu pudesse sair novamente, outro Cavaleiro Branco veio e o colocou. Ele achou que era o seu próprio elmo.

O cavaleiro parecia tão solene que Alice não se atreveu a rir.

— Acho que você deve tê-lo machucado — comentou com voz trêmula —, já que estava no topo da cabeça dele.

— Tive que chutá-lo, é claro — explicou o Cavaleiro com muita seriedade. — E então ele tirou o elmo novamente... mas levou horas e horas para me tirar. Eu era tão rápido quanto um raio, sabe.

— Mas esse é um tipo diferente de rapidez — objetou Alice.

O Cavaleiro balançou a cabeça.

— Era todo o tipo de rapidez, posso garantir! — bradou ele e ergueu as mãos, um pouco agitado.

Enquanto dizia isso, escorregou da sela e caiu de cabeça em uma vala profunda. Alice correu para o lado da vala para procurá-lo. Tinha ficado bastante assustada com a queda, pois ele se manteve muito bem durante algum tempo, e ela temeu que realmente tivesse se machucado dessa vez. Todavia, embora não visse nada além das solas dos pés, ficou muito aliviada ao ouvir que ele falava em seu tom habitual:

— Todos os tipos de rapidez — repetiu ele —, mas foi negligente da parte dele colocar o elmo de outro homem, com o homem nele também!

— Como pode continuar falando tão calmamente, de cabeça para baixo? — perguntou Alice enquanto o arrastava pelos pés e o deitava em um montinho na borda da vala.

O Cavaleiro pareceu surpreso com a pergunta.

— O que importa onde meu corpo está? — indagou. — Minha mente continua trabalhando da mesma forma. De fato, quanto mais estou de cabeça para baixo, mais invento coisas novas. Agora, a coisa mais esperta que já fiz — continuou depois de uma pausa — foi inventar um novo pudim enquanto a carne era servida.

— A tempo de prepará-lo para ser o próximo prato? — perguntou Alice.

— Bem, não o próximo prato — respondeu o Cavaleiro em tom lento e pensativo. — Não, certamente não.

— Então teria que ser no dia seguinte. Imagino que não tenha dois pratos de pudim em um jantar?

— Bem, não no dia seguinte — repetiu o Cavaleiro. — Não, certamente não. Na verdade... — prosseguiu, pendendo a cabeça para frente, a voz ficando cada vez mais baixa. — Não acredito que o pudim já tenha sido preparado alguma vez! Nem que será preparado um dia! E, no entanto, foi um pudim muito inteligente de se inventar.

— O que quer dizer com isso? — quis saber Alice, na esperança de animá-lo, pois o pobre Cavaleiro não parecia muito animado a respeito.

— Começou com papel mata-borrão — respondeu o Cavaleiro com um gemido.

— Temo que isso não seria muito agradável...

— Não é muito agradável sozinho — ele interrompeu, ansioso. — Mas você não sabe a diferença que faz misturá-lo com outras coisas... como pólvora e lacre de cera. E aqui, devo deixá-la. — Eles haviam acabado de chegar ao fim da floresta.

Alice pareceu um tanto confusa, já que estava pensando no pudim.

— Você está triste — comentou o Cavaleiro em tom ansioso. — Deixe-me cantar uma canção para confortá-la.

— É muito longa? — perguntou Alice, pois ouvira muita poesia naquele dia.

— É longa — respondeu o Cavaleiro. — Mas é muito, muito bonita. Todo mundo que me ouve cantar fica com lágrimas nos olhos, ou então...

— Ou então o quê? — questionou Alice, pois o Cavaleiro fez uma pausa repentina.

— Ou então não fica, entende. O nome da canção é chamado de "Os olhos do peixe".

— Ah, esse é o nome da música, não é? — perguntou Alice, tentando se interessar.

— Não, você não entende — retorquiu o Cavaleiro, parecendo um pouco irritado. — É assim que o nome é chamado. O nome de verdade é "O envelhecido homem velho".

— Então eu deveria ter dito "é assim que a canção é chamada"? — Alice se corrigiu.

— Não, você não deveria. Isso é outra coisa! A canção é chamada de "Caminhos e meios". Mas isso é apenas como é chamada, entende?

— Bem, qual é a canção, então? — perguntou Alice, porque já estava bastante desconcertada.

— Estava quase chegando lá — respondeu o Cavaleiro. — A canção realmente se chama "Sentado no portão", e é minha própria invenção.

Dito isso, ele parou o cavalo e soltou as rédeas sobre o pescoço do animal. Então, marcando o compasso lentamente com a mão, e com um leve sorriso iluminando seu rosto gentil e tolo, como se gostasse da melodia de sua música, ele começou.

De todas as coisas estranhas que Alice viu em sua jornada através do Espelho, era dessa que se lembrava com mais clareza. Anos mais tarde, ela era capaz de trazer a cena à tona como se tivesse sido ontem: os olhos azuis suaves e o sorriso gentil do Cavaleiro, o sol poente brilhando em seus cabelos e fazendo a armadura reluzir com um facho de luz que a deslumbrou, o cavalo se movendo silenciosamente, com as rédeas soltas no pescoço, comendo a grama aos pés dela, e as sombras negras da floresta atrás... tudo isso ela gravou na memória como um quadro, quando, com uma mão protegendo os olhos, apoiou-se em uma árvore, observando o estranho par e ouvindo, em meio a um sonho, a melancólica melodia da canção.

"Mas a melodia não é uma invenção dele", disse a si mesma. "É 'Eu lhe dou tudo, não posso dar mais'". Ela se levantou e ouviu com muita atenção, mas nenhuma lágrima surgiu em seus olhos.

Vou lhe contar tudo o que puder;
Há pouco a se relacionar.
Eu vi um homem envelhecido,
Sentado em um portão.
Quem é você, homem velho?
Eu disse. "E como é que você mora?"
E a resposta dele escorreu pela minha cabeça
Como a água através de uma peneira.

Ele disse: "Eu procuro borboletas
Que dormem no meio do trigo:

E com elas faço costeletas,
E vendo na rua.
"Eu os vendo para homens", ele disse,
"Que navegam em mares tempestuosos;

E é assim que eu ganho meu pão...
Por uma bagatela, se lhe interessa.

Mas eu estava pensando em um plano
Para pintar os bigodes de verde,
E sempre use um ventilador tão grande
Para impedir de serem vistos.
Então, não tendo resposta para dar
Para o que o velho disse,
Eu pedi: "Venha, me diga como você vive!"
E dei uma paulada na cabeça dele.

Seus sotaques leves retomaram a história:
Ele disse: "Eu vou no meu caminho,
E quando eu encontro um riacho na montanha,
Eu coloquei em chamas;
E daí eles fazem coisas que chamam
Óleo de Macassar da Rolands...
No entanto, dois centavos, um centavo é tudo
Que me dão pelo meu trabalho."

Mas eu estava pensando em uma maneira
Para me alimentar de massa,
E assim continuo dia após dia
Ficando um pouco mais gordo.
Eu o sacudi de um lado para o outro,
Até seu rosto ficar azul:
"Venha, me diga como você vive", implorei,
"E o que você faz!"
Ele disse: "Eu procuro os olhos de peixe"

Entre a urze brilhante,
E trabalhe-os nos botões do colete
Na noite silenciosa.
E estes eu não vendo por ouro
Ou moeda de brilho prateado
Mas por um centavo de cobre,
E isso vai comprar nove.

"Às vezes eu gosto de pãezinhos amanteigados,
Ou defina galhos calados para caranguejos;
Às vezes eu procuro as colinas gramadas
Para rodas de cabines Hansom.
E é assim" (ele piscou)
"Que recebo minha riqueza...
E com muito prazer vou beber
Saúde à honra da nobreza."

Eu o ouvi então, porque eu tinha acabado de
Concluir meu plano
Para impedir a ponte Menai de enferrujar
Ao ferver em vinho.
Agradeci muito por me dizer
A maneira como ele conseguiu sua riqueza,
Mas principalmente por seu desejo de
Poder beber pela saúde da nobreza.
E agora, se por acaso,
Coloquei meus dedos na cola
Ou apertei loucamente um pé direito
Em um sapato esquerdo,
Ou se eu cair no meu pé
Um peso muito pesado,
Eu choro, porque isso me lembra
Daquele velho homem que eu conhecia...
Cujo olhar era suave, cuja fala era lenta,
Cujo cabelo era mais branco que a neve,

Cujo rosto era muito parecido com um corvo,
Com olhos, como cinzas, todos brilhando,
Que parecia distraído com sua aflição,
Que balançava seu corpo para lá e para cá,
E murmurava baixo,
Como se sua boca estivesse cheia de massa,
Que bufou como um búfalo...
Naquela noite de verão, há muito tempo,
Sentado em um portão.

Enquanto o Cavaleiro cantava as últimas palavras da canção, pegou as rédeas e virou a cabeça do cavalo para a estrada por onde haviam chegado.

— Você tem de percorrer apenas alguns metros — avisou ele —, descendo a colina e atravessando aquele pequeno riacho. E então será uma Rainha... Mas ficará para me ver ir embora primeiro? — acrescentou ele, quando Alice lançou um olhar ansioso para a direção que ele havia apontado. — Não vai demorar. Você vai esperar e acenar com o lenço quando eu chegar àquela curva na estrada? Acho que isso vai me incentivar, sabe.

— É claro que vou esperar — respondeu Alice. — E muito obrigada por ter me trazido tão longe... e pela canção... gostei muito.

— Espero que sim — replicou o Cavaleiro, em tom incerto. — Mas você não chorou tanto quanto eu pensei que fosse chorar.

Então eles apertaram as mãos e o Cavaleiro cavalgou lentamente em direção à floresta. "Não vou demorar muito para vê-lo ir embora", Alice disse para si mesma, enquanto o observava.

— Lá vai ele! Bem de ponta-cabeça, como sempre! Mas se recupera com muita facilidade... isso que dá ter tantas coisas penduradas no cavalo...

Então ela continuou falando sozinha, enquanto observava o cavalo trotando vagarosamente pela estrada, e o Cavaleiro caindo, primeiro de um lado, depois do outro. Depois da quarta ou quinta queda, ele alcançou a curva, então ela acenou com o lenço e esperou até ele sumir de vista.

— Espero que isso o tenha incentivado — disse ao se virar para descer a colina. — E agora, o último riacho... e então serei uma Rainha! Parece algo tão grandioso! — Deu alguns passos e chegou à beira do riacho. — Finalmente, Oitava Casa! — gritou ao atravessar o riacho; então, para descansar, jogou-se em um gramado macio como musgo, com pequenos canteiros espalhados aqui e ali. — Oh, estou tão feliz por estar aqui! E o que é isso na minha cabeça? — exclamou em tom de consternação quando suas mãos pousaram em algo muito pesado e bem ajustado em volta da sua cabeça.

"Mas como pode ter chegado lá sem que eu soubesse?", ela disse para si mesma, enquanto se levantava e colocava o objeto no colo para descobrir o que poderia ser.

Era uma coroa de ouro.

Rainha Alice

Bem, isso é maravilhoso! — exclamou Alice. — Nunca pensei que seria Rainha tão cedo... e lhe digo mais, Vossa Majestade... — continuou ela em tom severo (sempre gostara de se repreender) — Não é de bom-tom refestelar-se de um lado para o outro na grama! As rainhas têm de ser dignas, entende!

Então levantou-se e caminhou – com rigidez, a princípio, pois temia que a coroa pudesse cair. Porém, pensou que não havia ninguém para vê-la e isso lhe trouxe certo conforto.

— E, se de fato sou uma Rainha — disse, sentando-se de novo —, serei capaz de lidar com isso muito bem, com o passar do tempo.

Tudo estava acontecendo tão estranhamente que ela não ficou nem um pouco surpresa ao encontrar a Rainha Vermelha e a Rainha Branca sentadas perto dela, uma de cada lado. Teria gostado muito de perguntar como haviam chegado ali, mas receou que não seria muito educado de sua parte. Pensou, porém, que não faria mal perguntar se o jogo havia terminado.

— Por favor, diga-me... — começou, olhando timidamente para a Rainha Vermelha.

— Só fale quando alguém lhe dirigir a palavra! — A Rainha interrompeu bruscamente.

— Mas se todos obedecessem a essa regra — retorquiu Alice, pois estava sempre pronta para uma pequena discussão —, e se só falasse quando lhe dirigissem a palavra, e a outra pessoa ficasse esperando que você desse início à conversa, veja que ninguém jamais diria qualquer coisa, então...

— Ridículo! — exclamou a Rainha. — Ora, você não vê, criança... — E aqui ela se interrompeu e franziu o cenho; depois de pensar por um minuto, mudou o assunto de forma repentina. — O que quer dizer com "Se de fato sou uma Rainha"? Que direito tem para se chamar assim? Só pode virar Rainha depois de passar no exame adequado. E quanto mais cedo começarmos, melhor.

— Eu apenas disse "se"! — defendeu-se a pobre Alice em um tom piedoso. As duas Rainhas se entreolharam e a Rainha Vermelha estremeceu ligeiramente e comentou:

— Ela diz que só disse "se"...

— Mas ela disse muito mais do que isso! — lastimou-se a Rainha Branca, torcendo as mãos. — Oh! Muito mais do que isso!

— Fez mesmo, sabe — afirmou a Rainha Vermelha para Alice. — Sempre fale a verdade... pense antes de falar, e depois anote o que falou.

— Não tenho certeza se foi isso o que eu quis dizer... — começou Alice, mas a Rainha Vermelha a interrompeu com impaciência.

— É disso que reclamo! Você deveria ter certeza! Para que você acha que serve uma criança que não tem certeza do que diz? Até uma piada deve dizer alguma coisa... e uma criança é mais importante que uma piada, acredito. Você não poderia negar isso, mesmo se tentasse com as duas mãos.

— Não nego as coisas com as mãos — objetou Alice.

— Ninguém disse que o faz — retrucou a Rainha Vermelha. — Eu disse que não conseguiria, mesmo que tentasse.

— Ela está nesse estado de espírito — comentou a Rainha Branca —, em que se deseja negar algo... só que não sabe o que negar!

— Um temperamento desagradável e cruel — observou a Rainha Vermelha, e então seguiu-se um silêncio desconfortável por um minuto ou dois.

A Rainha Vermelha quebrou o silêncio dizendo à Rainha Branca:

— Convido você para o jantar de Alice hoje à tarde.

A Rainha Branca abriu um sorriso débil e disse:

— E eu convido você.

— Não sabia que deveria ter uma festa — comentou Alice. — Mas, se houver, acho que eu devo convidar as pessoas.

— Nós lhe demos a oportunidade de fazer isso — observou a Rainha Vermelha —, mas acho que ainda não teve muitas aulas de boas maneiras, não é mesmo?

— Não há aulas para aprender sobre boas maneiras — retrucou Alice. — As aulas ensinam a fazer contas e coisas desse tipo.

— E você faz adição? — perguntou a Rainha Branca. — Quanto é um mais um mais um mais um mais um mais um mais um mais um mais um mais um mais um?

— Não sei — respondeu Alice. — Perdi a conta.

— Ela não consegue fazer adição — a Rainha Vermelha interrompeu.

— Consegue subtrair? Tire nove de oito.

— Nove de oito, eu não consigo — respondeu Alice muito prontamente. — Mas...

— Ela não consegue subtrair — afirmou a Rainha Branca. — Consegue fazer divisão? Divida um pão por uma faca. Qual é a resposta para isso?

— Suponho... — Alice estava começando, mas a Rainha Vermelha respondeu por ela:

— Pão com manteiga, é claro. Tente outra subtração. Tire o osso de um cachorro: o que resta?

Alice ponderou. "Se eu pegasse o osso, ele não restaria, é claro... e o cachorro não restaria, pois viria me morder... e tenho certeza de que eu também não restaria!"

— Então você acha que não restaria nada? — indagou a Rainha Vermelha.

— Acho que essa é a resposta.

— Errado, como sempre — retrucou a Rainha Vermelha. — Restaria a raiva do cachorro.

— Mas não vejo como...

— Ora, olhe aqui! — exclamou a Rainha Vermelha. — O cachorro perderia a paciência, não é?

— Talvez — respondeu Alice com cautela.

— Então, se o cachorro fosse embora, restaria a raiva dele! — a Rainha bradou, triunfante.

Alice disse o mais seriamente que pôde:

— Eles podem seguir caminhos diferentes. — Mas não pôde deixar de pensar consigo mesma: "Que coisa mais absurda estamos dizendo!"

— Ela não consegue fazer conta nenhuma! — exclamaram as duas Rainhas com grande ênfase.

— E você por acaso consegue? — perguntou Alice, virando-se repentinamente para a Rainha Branca, pois não gostava de ser tão criticada.

A Rainha ofegou e fechou os olhos.

— Consigo fazer adição, se me der tempo... mas não sou capaz de subtrair de forma alguma!

— E é claro que conhece o ABC? — questionou a Rainha Vermelha.

— Certamente que sim — respondeu Alice.

— Eu também sei — sussurrou a Rainha Branca. — Muitas vezes os recitamos juntas, querida. E vou lhe contar um segredo: posso ler palavras de uma letra só! Não é maravilhoso? Mas não desanime. Com o tempo você também conseguirá.

A Rainha Vermelha começou de novo:

— Você pode responder a perguntas úteis? Como o pão é feito?

— Isso eu sei! — respondeu Alice com um gritinho ansioso. — É só pegar um pouco de farinha e...

— Onde você colhe a farinha? — perguntou a Rainha Branca. — Em um jardim ou nas cercas vivas?

— Bem, em nenhum desses lugares — explicou Alice. — Ela não é colhida, é *moída*.

— De tanto levar pancada? — indagou a Rainha Branca. — Não deve deixar de explicar tantas coisas.

— Abane a cabeça dela! — A Rainha Vermelha interrompeu ansiosamente. — Ela ficará febril de tanto pensar.

Então começaram a abaná-la com várias folhas, até que Alice precisou implorar que parassem, de tanto que seus cabelos estavam esvoaçando.

— Ela voltou a ficar bem — afirmou a Rainha Vermelha. — Você sabe idiomas? Como é fiddle-de-dee em francês?

— Não existe fiddle-de-dee nem no nosso idioma — respondeu Alice em tom sério.

— Quem disse que tinha? — rebateu a Rainha Vermelha.

Dessa vez, Alice achou que tinha encontrado a chave para o enigma.

— Se me disser de qual idioma é "fiddle-de-dee", lhe direi a palavra em francês! — exclamou triunfante.

Mas a Rainha Vermelha se endireitou com rigidez e declarou:

— Rainhas nunca barganham.

"Gostaria que as Rainhas nunca fizessem perguntas", pensou Alice.

— Não vamos brigar — pediu a Rainha Branca em um tom ansioso. — O que causa os raios?

— O que causa os raios — Alice começou a responder de forma decidida, pois tinha certeza disso — é o trovão... não, não! — Ela se corrigiu rapidamente. — Quis dizer o contrário.

— É tarde demais para corrigir-se — observou a Rainha Vermelha. — Quando já disse alguma coisa, que depois corrige, você deve lidar com as consequências.

— Com isso me lembrei... — disse a Rainha Branca, olhando para baixo e abrindo e fechando as mãos de forma nervosa. — Que tivemos uma tempestade terrível na terça-feira passada... ou seja, uma das últimas terças-feiras, você sabe.

Alice ficou intrigada.

— De onde eu venho — comentou — há apenas um dia de cada vez.

A Rainha Vermelha retrucou:

— Essa é uma forma deplorável de fazer as coisas. Aqui, por outro lado, geralmente temos dias e noites de dois ou três a cada vez, e, vez ou outra, temos até cinco noites juntas no inverno... para nos aquecermos, entende.

— Cinco noites aquecem mais do que uma noite? — Alice se aventurou a perguntar.

— Aquecem cinco vezes mais, é claro.

— Mas devem esfriar cinco vezes mais, pela mesma regra.

— Isso também! — exclamou a Rainha Vermelha. — Aquecem cinco vezes mais e esfriam cinco vezes mais... assim como sou cinco vezes mais rica do que você, e cinco vezes mais inteligente!

Alice suspirou e resolveu deixar aquilo para lá. "É exatamente como um enigma sem resposta!", pensou.

— Humpty Dumpty também viu — continuou a Rainha Branca em voz baixa, como se estivesse falando sozinha. — Ele chegou à porta com um saca-rolhas na mão.

— O que ele queria? — perguntou a Rainha Vermelha.

— Disse que entraria — continuou a Rainha Branca — porque estava procurando um hipopótamo. Agora, por acaso, naquela manhã não havia tal coisa em casa.

— E geralmente há? — quis saber Alice, um pouco surpresa.

—Bem, apenas às quintas-feiras — respondeu a Rainha.

— Sei por que ele apareceu — disse Alice. — Ele queria punir o peixe, porque...

Então a Rainha Branca tornou a falar:

— Foi uma tempestade e tanto, você nem faz ideia! — ("Ela nunca conseguiria mesmo, sabe", disse a Rainha Vermelha.) — E parte do telhado caiu, e um trovão entrou, e ficou a rolar pela sala... e derrubou as mesas e outras coisas... até que fiquei tão assustada que não conseguia nem lembrar qual era meu nome!

Alice pensou consigo mesma: "Eu nunca tentaria lembrar meu nome no meio de um acidente! Para que isso serviria?", mas não disse isso em voz alta, por medo de ferir o sentimento da pobre Rainha.

— Vossa Majestade deve desculpá-la — falou a Rainha Vermelha a Alice, envolvendo uma das mãos da Rainha Branca e a acariciando com delicadeza. — Ela tem boas intenções, mas não consegue evitar de dizer tolices, como regra geral.

A Rainha Branca olhou timidamente para Alice, que sentiu que deveria dizer algo gentil, mas realmente não conseguia pensar em nada no momento.

— Ela nunca foi muito educada — continuou a Rainha Vermelha —, mas tem um humor dos mais incríveis! Dê um tapinha na cabeça dela e veja como ela ficará satisfeita!

Mas Alice não tinha coragem de fazer tal coisa.

— Um pouco de gentileza... e arrumar-lhe os cabelos... Isso faria maravilhas para ela. — A Rainha Branca deu um suspiro profundo e deitou a cabeça no ombro de Alice. — Estou com tanto sono! — gemeu.

— Ela está cansada, pobrezinha! — apiedou-se a Rainha Vermelha. — Alise o cabelo dela... empreste sua touca de dormir... e cante uma canção de ninar reconfortante.

— Não trouxe nenhuma touca de dormir — respondeu Alice, enquanto tentava obedecer à primeira instrução. — E não conheço nenhuma canção de ninar reconfortante.

— Devo fazer isso sozinha, então — retrucou a Rainha Vermelha, e começou:

Silêncio, senhoras, e se ponham no colo de Alice a repousar!
Até que o banquete esteja pronto, há tempo para uma soneca tirar:
Quando o banquete chegar ao fim, para o baile partiremos...
Rainha Vermelha, Rainha Branca e Alice, e com a festa comecemos!

— E agora você conhece as palavras — acrescentou ela, enquanto apoiava a cabeça no outro ombro de Alice. — Cante para mim. Também estou ficando com sono. — No instante seguinte, as duas Rainhas estavam dormindo profundamente e roncando alto.

— O que devo fazer? — indagou Alice, olhando com grande perplexidade, enquanto a primeira cabeça, e depois a outra, rolavam do ombro e caíam como um caroço em seu colo. — Acho que nunca aconteceu de alguém ter de cuidar de duas rainhas adormecidas de uma só vez! Não, não em toda a Inglaterra... não poderia, você sabe, porque nunca houve mais de uma Rainha por vez. Acordem, suas coisas pesadas! — continuou em um tom impaciente, mas não houve resposta a não ser um ronco suave.

O ronco ficava mais distinto a cada minuto, e parecia mais com uma melodia. Por fim, ela conseguiu entender as palavras e ouviu com tanta ansiedade que, quando as duas grandes cabeças desapareceram de seu colo, ela quase não deu falta delas.

Estava em pé diante de uma porta em arco, sobre a qual estavam as palavras "Rainha Alice" em letras grandes, e em cada lado do arco havia uma sineta. Uma foi marcada como "Sineta dos Visitantes" e a outra como "Sineta dos Serviçais".

"Esperarei até que a canção termine", pensou Alice, "e depois tocarei... qual sineta devo tocar?", continuou ela, muito intrigada com os nomes. "Não sou uma visitante, e não sou uma serviçal. Deveria haver uma marcada como 'Rainha', sabe..."

Nesse momento, uma fresta da porta se abriu e uma criatura com bico longo ergueu a cabeça por um momento e disse: "Não poderá entrar até a semana seguinte!" e fechou a porta com um estrondo.

Alice bateu na porta e tocou a sineta em vão por um longo tempo, mas, por fim, um sapo muito velho, que estava sentado debaixo de uma árvore, levantou-se e coxeou lentamente em sua direção. Trajava

uma roupa de um amarelo brilhante e usava botas enormes. — O que é isso agora? — questionou o Sapo em um sussurro profundo e rouco.

Alice se virou, pronta para culpar alguém.

— Onde está a criada cuja tarefa é atender a porta? — começou com raiva.

— Qual porta? — perguntou o Sapo.

Alice quase bateu o pé de tão irritada que estava com a lentidão do Sapo.

— Esta porta, é claro! — retrucou ela.

O Sapo olhou para a porta com os olhos grandes e embotados por um minuto. Depois, aproximou-se e a esfregou com o polegar, como se tentasse conferir se a tinta sairia; então olhou para Alice.

— Para atender a porta? — perguntou. — O que está pedindo? — Seu tom era tão cavernoso que Alice mal conseguia ouvi-lo.

— Não sei o que quer dizer — ela respondeu.

— Eu falo a sua língua, não é? — continuou o Sapo. — Ou você é surda? O que a porta pediu a você?

— Nada! — bradou Alice, impaciente. — Estive batendo nela!

— Não deveria fazer isso, não deveria fazer isso — o Sapo murmurou. — Isso a deixa irritada, sabe… — Então ele pulou e deu um chute na porta com um de seus grandes pés. — Deixe-a em paz — disse, ofegante, enquanto coxeava de volta para sua árvore — e deixará você em paz, entende?

Nesse momento, a porta foi aberta e ouviu-se uma voz estridente a cantar:

Para o mundo dos espelhos, Alice foi quem disse:
"Eu tenho um cetro na mão, uma coroa na cabeça;
Deixe as criaturas do espelho, sejam elas quais forem,
Venha jantar com a Rainha Vermelha, a Rainha Branca e eu."

E centenas de vozes se juntaram no refrão:

Encha os copos o mais rápido possível,
E polvilhe a mesa com botões e farelo:
Coloque gatos no café e ratos no chá…
E dê as boas-vindas à rainha Alice trinta vezes três!

Então seguiu-se uma confusão de aplausos, e Alice pensou consigo mesma: "Trinta vezes três faz noventa. Será que alguém está contando?" Em um minuto, fez-se silêncio novamente, e a mesma voz estridente cantou outro verso:

"Ó criaturas de Espelho", diz Alice, "aproximem-se!
É uma honra me ver, um favor em ouvir:
É um privilégio elevado jantar e tomar chá
Junto com a Rainha Vermelha, a Rainha Branca e eu!"

E então o refrão mais uma vez:

Encha os copos com melaço e tinta,
Ou qualquer outra coisa agradável de beber:
Misture areia com a cidra e lã com o vinho...
E receba a rainha Alice noventa vezes nove!

— Noventa vezes nove! — Alice repetiu em desespero — Oh, isso nunca vai acabar! É melhor eu entrar de uma vez! — E fez-se um silêncio mortal no momento em que ela apareceu.

Alice lançou um olhar nervoso pela mesa, enquanto caminhava pelo grande corredor, e notou que havia cerca de cinquenta convidados de todos os tipos: alguns eram mamíferos, outros aves, e havia até algumas flores. "Fico feliz que tenham vindo sem esperar pelo convite", pensou ela: "Eu nunca saberia a quem convidar!"

Havia três cadeiras na cabeceira da mesa; as Rainhas Vermelha e Branca já haviam ocupado duas delas, mas a do meio estava vazia. Alice sentou-se nela, um pouco desconfortável no silêncio, e desejando que alguém falasse.

Por fim, a Rainha Vermelha começou:

— Você perdeu a sopa e o peixe — disse ela. — Coloquem os pratos! — E os garçons colocaram uma perna de carneiro diante de Alice, que a olhou com ansiedade, pois nunca precisara cortar uma carne antes.

— Você parece um pouco tímida. Deixe-me apresentá-la a essa perna de carneiro — disse a Rainha Vermelha. — Alice, perna de carneiro; perna de carneiro, Alice. A perna de carneiro levantou-se no prato e

fez uma pequena reverência para Alice; e Alice devolveu a saudação, sem saber se devia sentir-se assustada ou empolgada.

— Posso lhes oferecer uma fatia? — perguntou ela, pegando a faca e o garfo e olhando de uma Rainha para a outra.

— Certamente que não — declarou a Rainha Vermelha de forma decidida. — Não é de bom-tom cortar algo a quem você foi apresentada. Remova o prato! — E os garçons o levaram e trouxeram um grande pudim de ameixa em seu lugar.

— Não serei apresentada ao pudim, certo? — pediu Alice às pressas. — Ou então não conseguiremos jantar! Posso lhes oferecer um pouco?

Mas a Rainha Vermelha parecia mal-humorada e rosnou:

— Pudim... Alice; Alice... pudim. Retire o pudim!

E os garçons o levaram tão rápido que Alice nem conseguiu retribuir a saudação.

Não entendia, porém, por que a Rainha Vermelha deveria ser a única a dar ordens. Então, resolveu tentar algo e chamou:

— Garçom! Traga o pudim de volta! — E lá estava novamente, como em um passe de mágica. Era tão grande que ela não pôde deixar de se sentir um pouco tímida diante dele, como tinha estado com o carneiro. Todavia, superou a timidez com grande esforço, cortou uma fatia e a entregou à Rainha Vermelha.

— Que impertinência! — exclamou o Pudim. — Gostaria de saber o que acharia se eu cortasse uma fatia sua, criaturinha! — bradou com uma voz grossa e segura, e Alice não soube como responder: tudo o que lhe restou foi sentar-se, olhar para ele e suspirar.

— Diga alguma coisa! — sugeriu a Rainha Vermelha. — É ridículo deixar toda a conversa a encargo do pudim!

— Sabe, recitaram tantas poesias para mim hoje — começou Alice, um pouco assustada ao descobrir que, assim que abriu os lábios, fez-se um silêncio mortal e todos os olhos fixaram-se nela. — E é uma coisa muito curiosa, eu acho... pois todos os poemas eram sobre peixes, de um modo ou de outro. Você sabe por que eles gostam tanto de peixes por aqui?

Ela se dirigiu à Rainha Vermelha, cuja resposta fugiu um pouco do propósito.

— Quanto aos peixes — começou ela de forma muito lenta e solene, aproximando a boca do ouvido de Alice —, Vossa Majestade Branca conhece um enigma adorável... todo em poesia... todo sobre peixes. Deveria ela recitá-lo?

— Vossa Majestade Vermelha é muito gentil em mencionar isso — a Rainha Branca cochichou no outro ouvido de Alice, em uma voz como o arrulhar de um pombo. — Seria um prazer! Posso?

— Por favor — respondeu Alice educadamente. A Rainha Branca soltou um risinho animado e acariciou a bochecha de Alice. Então começou:

"Primeiro, o peixe deve ser capturado."
Isso é fácil: acho que um bebê poderia ter pegado.
"Em seguida, o peixe deve ser comprado."
Isso é fácil: acho que um centavo o teria comprado.
"Agora cozinhe-me o peixe!"
Isso é fácil e não vai demorar mais de um minuto.

Deixe descansar em um prato!
Isso é fácil, porque já está nele.
"Traga isso aqui! Deixe-me jantar!"
É fácil pôr tal prato na mesa.
"Pegue a louça!"
Ah, isso é tão difícil que temo ser incapaz!
Pois ele segura como cola...
Segura a tampa do prato, enquanto ele fica no meio:
O que é mais fácil de fazer,
Retirar a tampa do prato ou descobrir o enigma?

— Pondere sobre isso por um minuto e tente adivinhar — falou a Rainha Vermelha. — Enquanto isso, vamos beber à sua saúde... à saúde da Rainha Alice! — gritou no alto de sua voz, e todos os convidados começaram a beber de imediato, e o fizeram de forma muito esquisita: alguns colocavam os óculos sobre as cabeças como extintores e bebiam tudo o que escorria pelo rosto... outros viravam as garrafas e bebiam o vinho enquanto escorria pelas bordas da mesa... e três deles (que pareciam cangurus) entraram no prato de carne de carneiro e começaram a lamber o molho com avidez, "como porcos no cocho!", pensou Alice.

— Você deveria agradecer em um discurso primoroso — declarou a Rainha Vermelha, franzindo a testa para Alice ao falar.

— Precisamos apoiá-la, entende? — sussurrou a Rainha Branca, e Alice se levantou para discursar, muito obedientemente, mas um pouco assustada.

— Muito obrigada — ela sussurrou em resposta —, mas posso me sair muito bem sem isso.

— Isso não seria certo — declarou a Rainha Vermelha, decididamente. Então Alice tentou se submeter àquilo com boa vontade.

("E elas pressionaram!", contou ela mais tarde, quando narrava a história da festa à irmã. "Dava a impressão de que queriam me apertar!")

Na verdade, Alice teve grande dificuldade para permanecer em seu lugar enquanto fazia seu discurso. As duas Rainhas a pressionavam tanto, uma de cada lado, que quase a levantaram no ar.

— Levanto-me para agradecer... — E Alice de fato se levantou enquanto falava, vários centímetros; porém, agarrou a borda da mesa e conseguiu se puxar para baixo.

— Cuidado! — bradou a Rainha Branca, agarrando o cabelo de Alice com as duas mãos. — Algo vai acontecer!

E então (como Alice descreveu depois) todo tipo de coisa aconteceu ao mesmo tempo. As velas cresceram até alcançar o teto, parecendo um amontado de juncos com fogos de artifício no topo. Quanto às garrafas, cada uma delas pegou um par de pratos, que rapidamente vestiram como asas, e assim, com garfos no lugar das pernas, flutuavam em todas as direções, "e eram muito parecidas com pássaros", pensou Alice, na medida do possível em meio à terrível confusão que estava começando.

Nesse momento, ouviu uma risada rouca ao seu lado e se virou para ver o que estava acontecendo com a Rainha Branca. Porém, em vez da Rainha, a perna de carneiro estava sentada na cadeira.

— Aqui estou eu! — exclamou uma voz vinda da terrina de sopa, e Alice virou-se novamente, bem a tempo de ver o rosto generoso e bem-humorado da Rainha sorrindo para ela sobre a borda da terrina, antes de desaparecer na sopa.

Não havia tempo a perder. Vários convidados já estavam deitados na louça, e a concha de sopa deslizava pela mesa em direção à cadeira de Alice, acenando impacientemente para que ela saísse do caminho.

— Não aguento mais! — gritou ela e pulou para agarrar a toalha da mesa com as duas mãos. Um bom puxão, e pratos, louças, convidados e velas desabaram juntos no chão. — E quanto a você — continuou ela, voltando-se ferozmente para a Rainha Vermelha, que considerava a causa de toda aquela confusão. Mas ela não estava mais ao seu lado: de repente se reduzira ao tamanho de uma bonequinha, e estava em cima da mesa, dando voltas e mais voltas à procura de seu próprio xale, que seguia atrás dela.

Em uma outra ocasião, Alice teria ficado surpresa, mas estava animada demais para que se surpreendesse com qualquer coisa.

— Quanto a você — repetiu, agarrando a pequena criatura antes que pulasse sobre uma garrafa que havia acabado de avistar sobre a mesa —, vou chacoalhá-la até que vire um gatinho, vou mesmo!

Chacoalhando

Ela a tirou da mesa enquanto falava e a chacoalhou para trás e para frente com todas as suas forças.

A Rainha Vermelha não ofereceu nenhuma resistência; mas seu rosto começou a ficar muito pequeno e seus olhos ficaram grandes e verdes. E, ainda assim, enquanto Alice a chacoalhava, ficava cada vez menor... e mais gorducha... e mais macia... e mais suave... e mais redonda... e...

Acordando

... e era mesmo uma gatinha, no fim das contas.

Quem sonhou?

Vossa Majestade não deveria ronronar tão alto — Alice avisou, esfregando os olhos e dirigindo-se à gatinha respeitosamente, mas com alguma seriedade. — Você me acordou de um sonho tão bom! Oh! E você esteve comigo, Kitty, por todo o mundo do Espelho. Sabia, querida?

É um hábito muito inconveniente dos gatinhos (Alice já fizera esse comentário) que, seja o que for que lhes seja dito, eles sempre ronronam.

— Se apenas ronronassem para dizer que "sim", e miassem para dizer que "não", ou qualquer regra do tipo... — disse ela. — Assim seria possível manter uma conversa! Mas como conversar com algo que sempre diz a mesma coisa?

Com isso, a gatinha ronronou, e era impossível adivinhar se significava "sim" ou "não".

Então Alice caçou entre as peças de xadrez em cima da mesa até encontrar a Rainha Vermelha; depois, ajoelhou-se no tapete da lareira e colocou a gatinha e a rainha para se olharem.

— Agora, Kitty! — implorou, batendo palmas triunfantemente. — Confesse que foi nisso que se transformou!

("Mas a gata não olhava para a Rainha", disse ela mais tarde, quando explicava a história toda para a irmã. "Virou a cabeça para o lado contrário, e fez de conta que não a via; mas pareceu um pouco envergonhada de si mesma, então acho que deve ter sido a Rainha Vermelha.")

— Sente-se um pouco mais empertigada, querida! — Alice gritou com uma risada alegre. — E faça uma reverência enquanto pensa no que ronronar. Lembre-se, isso economiza tempo! — E ela a alcançou e deu-lhe um beijinho. — Só em homenagem por ter sido uma Rainha Vermelha.

— Floco de Neve, minha queridinha! — continuou, olhando por cima do ombro para a gatinha branca, que ainda estava suportando a limpeza com muita paciência. — Quando Dinah terminará de limpar Vossa Majestade Branca, eu me pergunto? Deve ser por isso que você estava tão desarrumada no meu sonho. Dinah! Sabe que está esfregando uma Rainha Branca? Francamente, é muito desrespeitoso da sua parte!

Continuou a falar:

— E em que Dinah se transformou, eu me pergunto? — Enquanto falava, sentou-se confortavelmente, apoiou um cotovelo no tapete e o queixo na mão, para observar os gatinhos. — Diga-me, Dinah, você se transformou no Humpty Dumpty? Acho que sim. Porém, é melhor que não mencione isso aos seus amigos por enquanto, pois não tenho certeza. A propósito, Kitty, se você realmente estivesse comigo no sonho, havia uma coisa de que você teria gostado: recitaram-me tantas poesias, todas sobre peixes! Amanhã de manhã você terá uma verdadeira surpresa. Sempre que você estiver tomando seu café da manhã, repetirei "A Morsa e o Carpinteiro"; e então você pode fazer de conta que são ostras, minha querida!

— Agora, Kitty, vamos pensar sobre quem foi que sonhou tudo. Esta é uma pergunta séria, minha querida, e você não deve continuar lambendo sua pata assim... como se Dinah não a tivesse limpado hoje de manhã! Veja bem, Kitty, deve ter sido eu ou o Rei Vermelho. Ele fazia parte do meu sonho, é claro... mas eu também fazia parte do sonho dele! Foi o Rei Vermelho, Kitty? Você era esposa dele, minha querida, então deveria saber... Oh, Kitty, ajude-me a resolver isso! Tenho certeza de que sua pata pode esperar!

Mas a gatinha atrevida passou a lamber a outra pata e fez de conta que não ouvira a pergunta.

Quem você acha que sonhou?

Um barco sob um céu ensolarado,
Permanecendo para a frente sonhadoramente
Numa noite de julho...
Três crianças que se aninham perto,
Olhos ansiosos e ouvidos dispostos,
Felizes em ouvir uma história simples...
Logo empalideceu aquele céu ensolarado
Ecos desbotam e memórias morrem.
As geadas do outono mataram julho.
Ainda assim ela me assombra, fantasma,
Alice se movendo sob o céu
Nunca visto pelos olhos acordados.
Crianças ainda, a história de ouvir,
Olhos ansiosos e ouvidos dispostos,
Amorosamente se aninhará perto.
Em um país das maravilhas eles mentem,
Sonhando com o passar dos dias,
Sonhando enquanto o verão morre
Sempre à deriva no riacho...
Permanecendo no brilho dourado.

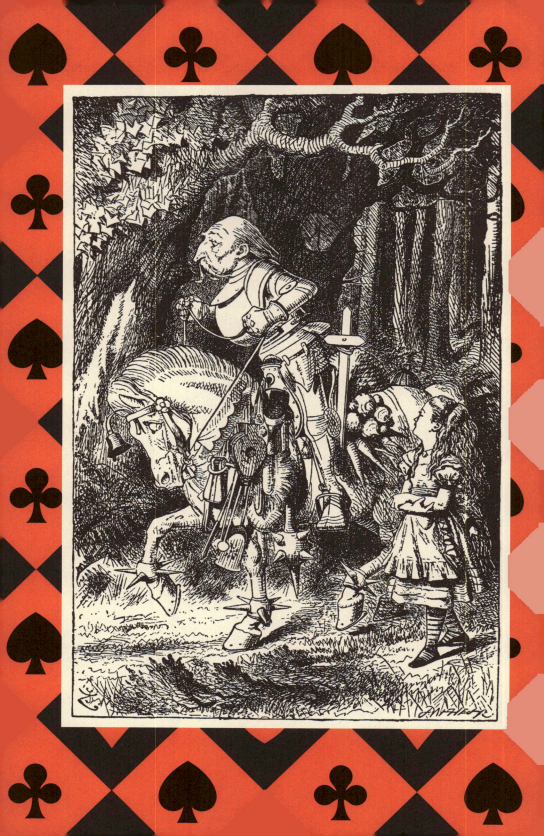

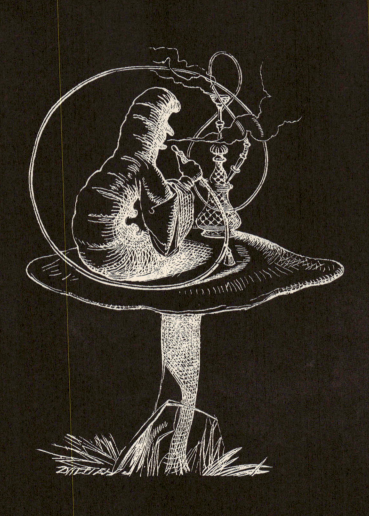

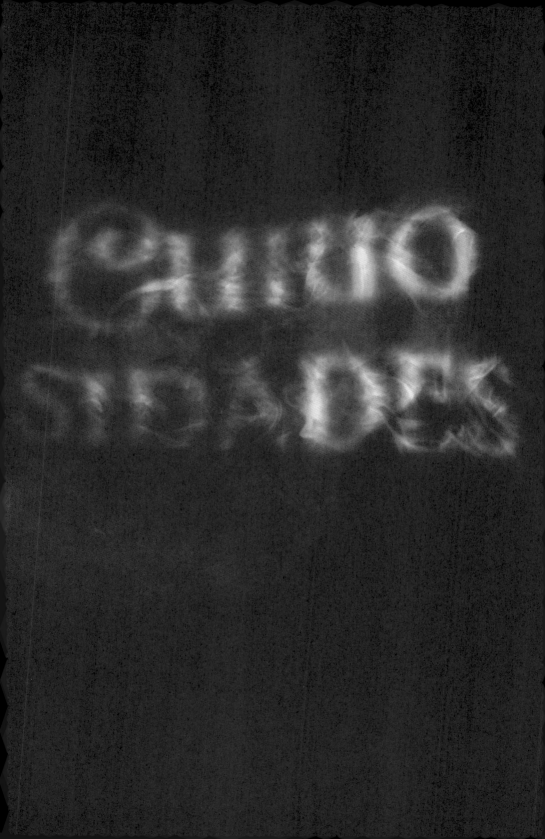

Lewis Carroll

Nascido Charles Lutwidge Dodgson, em janeiro de 1832, o escritor conhecido como Lewis Carroll foi um matemático, poeta, satirista, filósofo, inventor e fotógrafo. Carroll era o filho mais velho em uma família de sete meninas e quatro meninos, filhos de Frances Jane Lutwidge e do Reverendo Charles Dodgson.

Frequentou a Richmond School, Yorkshire, entre 1844 e 1845, e a Rugby School de 1846 a 1850. Depois da Rugby, passou um ano sendo ensinado por seu pai, e nesse período se matriculou na Christ Church, uma das maiores faculdades constituintes da Universidade de Oxford, onde passou a residir como estudante de graduação em 24 de janeiro de 1851.

Carroll se destacou em seus estudos matemáticos e clássicos em 1852 e, com base em seu desempenho nos exames, foi indicado para uma bolsa de estudos. Como era o caso com todas as bolsas de estudo naquela época, a condição de estudante na Christ Church dependia de ele permanecer solteiro e proceder às ordens sagradas. Carroll foi ordenado diácono na Igreja Anglicana, em 22 de dezembro de 1861.

ELE SOFRIA DE GAGUEIRA E EPILEPSIA

Chamando de "hesitação", Carroll desenvolveu gagueira em tenra idade, que permaneceu com ele durante toda vida e tornou-se parte dos mitos que o cercavam, como, por exemplo, a alegação sem evidências de que ele só gaguejava perto de adultos, mas não com as crianças. Uma febre também o deixou surdo de um ouvido, e uma crise de tosse convulsa (coqueluche) aos 17 anos, deixou sequelas em seu pulmão. Mais tarde, ele desenvolveu enxaquecas alucinantes que os médicos da época diagnosticaram como epilepsia e TDAH.

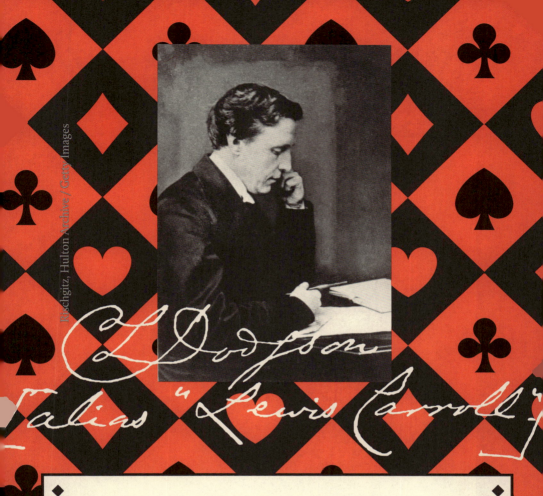

Rainha Vitória
UMA ADMIRADORA DE ALICE

Depois de ler *As aventuras de Alice no País das Maravilhas,* a Rainha Vitória, por ter adorado o livro, sugeriu que Carroll dedicasse seu próximo livro a ela! E assim, seu próximo trabalho, "Um tratado elementar sobre determinantes, com sua aplicação a equações lineares simultâneas e equações algébricas", foi apresentado à Rainha – mas talvez não era exatamente o que ela tinha em mente…

Fotografia: Gunn & Stewart / Hulton-Deutsch Collection / CORBIS

O Jogo da Lógica
Publicado em 1887, Londres

THE GAME

OF

L O G I C

BY

LEWIS CARROLL

Price of Book
(with Envelope containing board and 9 counters)
THREE SHILLINGS

Price of Envelope, &c.
THREE PENCE

London
MACMILLAN AND CO.
AND NEW YORK
1887·

ELE ESCREVEU 11 LIVROS DE MATEMÁTICA

Durante o tempo em que estudou na Universidade de Oxford, e devido ao seu desempenho como matemático, foi convidado pela universidade para trabalhar como professor de matemática após concluir o seu curso.

Carroll era mestre em lógica, e seu trabalho nas áreas de álgebra linear, geometria e construção de quebra-cabeças é impressionante. Ele escreveu quase uma dúzia de livros que iam de *An elementary treatise on determinants, with their application to simultaneous linear equations and algebraic equations* (Um tratado elementar sobre determinantes, com sua aplicação a equações lineares simultâneas e equações algébricas, em tradução livre) ao *The Game of Logic*.

Publicado em 1887, em *The Game of Logic* Carroll faz uso de uma abordagem popular para ensinar matemática. Embora chamado de "jogo", não tem objetivo de competição, mas de ensinar os fundamentos da lógica, pedindo aos jogadores que coloquem contadores em um tabuleiro, de modo a denotar bolos — sim, bolos! — com certas características (saborosos, não saborosos, frescos, não frescos). O texto é didático, mas traz muito o humor de Lewis Carroll, como na introdução, em que o autor enfatiza que o "jogo" é para pelo menos um jogador.

Ambos os livros infantis de Carroll contêm inúmeros problemas de matemática e lógica ocultos no texto, muitos deles, no entanto, são quase imperceptíveis para os leitores atuais, principalmente não falantes da língua inglesa, pois trazem referências da época, piadas locais e trocadilhos que só fazem sentido no Inglês.

ESCREVER NO ESCURO?
SIM, CARROLL INVENTOU UMA MANEIRA.

Como muitos escritores, Carroll costumava acordar durante a noite com pensamentos e ideias que precisavam ser anotadas imediatamente. Então, em 1891, ele inventou o nictógrafo. O dispositivo é um cartão com 16 orifícios quadrados (duas filas de oito) que oferece um guia para o usuário inserir um código abreviado de pontos e traços. Carroll também o considerou útil para os cegos.

Nictógrafo

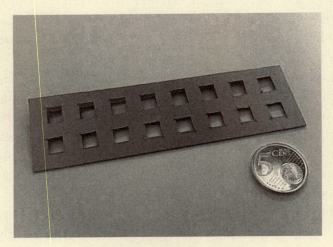

Nictógrafo. (Noah Slater, CC by 3.0)

> Qualquer um que tenha tentado, como tenho feito muitas vezes, o processo de sair da cama às 2 da manhã em uma noite de inverno, acender uma vela e registrar algum pensamento feliz que provavelmente seria esquecido, concordará comigo que envolve muito desconforto. Tudo o que tenho a fazer agora, se eu acordar e pensar em algo que desejo registrar, é tirar debaixo do travesseiro um pequeno livro de memorando contendo meu Nictógrafo, escrever algumas linhas, ou mesmo algumas páginas, sem sequer colocar as mãos fora das roupas de cama, recolocar o livro e voltar a dormir.

Lewis Carroll, revista *Letter to The Lady*, em outubro de 1891.

O Alfabeto Quadrado

(Fonte disponível em: <https://www.lewiscarroll.org/2012/02/07/alices-adventures-in-carrolls-own-square-alphabet/>.)

Fotografia e Polêmica

CARROLL interessou-se pela fotografia quando esta ainda era uma arte muito pouco praticada. Especializando-se em retratos de crianças e pessoas famosas e compondo suas imagens com notável habilidade e bom gosto, criou mais de 3.000 imagens fotográficas, incluindo retratos de amigos e figuras notáveis, paisagens e fotos de esqueletos, bonecas, estátuas, pinturas e muito mais. De acordo com "Lewis Carroll: Uma biografia", de Morton N. Cohen, Carroll tinha seu próprio estúdio e pensou brevemente em ganhar a vida como fotógrafo na década de 1850.

Algumas de suas fotos, porém, até hoje são motivos de reflexão. Em duas delas, emolduradas lado a lado e presenteadas à família Liddell, ele usou Alice como modelo para mostrar o contraste dela vestida com elegância vitoriana com outra vestida como uma criança mendiga. A segunda foto foi considerada sugestiva, com seu vestido esfarrapado caindo dos ombros. A fotografia em particular levou a décadas de especulação sobre os verdadeiros sentimentos de Carroll por Alice.

Embora pareça estranho para os padrões de hoje, não era incomum em meados do século XIX fotografar crianças nuas, e Carroll também tirou várias dessas fotos, com a permissão dos pais. A nudez infantil era considerada um símbolo de inocência e sua representação tinha outra conotação no mundo vitoriano, bem diferente da de hoje.

Por temor que estas imagens desnudas criassem embaraços para as meninas mais tarde, Carroll pediu que após a sua morte fossem destruídas ou devolvidas às crianças ou a seus pais. Quatro ou cinco fotos ainda sobrevivem.

ALICE LIDDELL como uma menina mendiga. Foto de Lewis Carroll. Publicado pela primeira vez na biografia de Carroll por seu sobrinho: Stuart Dodgson Collingwood (1898) *The Life and Letters of Lewis Carroll*, Londres: T. Fisher Unwin, p. 80.

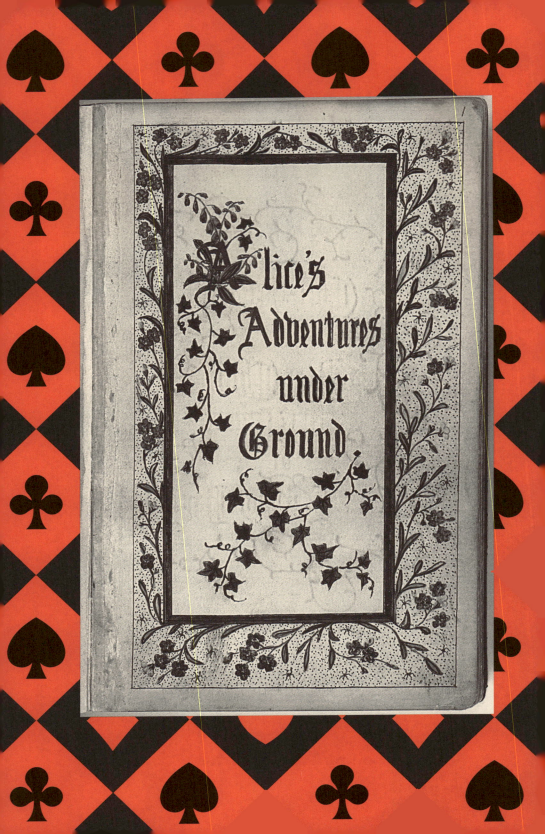

Chapter 1

Alice was beginning to get very tired of sitting by her sister on the bank, and of having nothing to do: once or twice she had peeped into the book her sister was reading, but it had no pictures or conversations in it, and where is the use of a book, thought Alice, without pictures or conversations? So she was considering in her own mind, (as well as she could, for the hot day made her feel very sleepy and stupid,) whether the pleasure of making a daisy-chain was worth the trouble of getting up and picking the daisies, when a white rabbit with pink eyes ran close by her.

There was nothing very remarkable in that, nor did Alice think it so very much out of the way to hear the rabbit say to itself "dear, dear! I shall be too late!" (when she thought it over afterwards, it occurred to her that she ought to have wondered at this, but at the time it all seemed quite natural); but when the rabbit actually took a watch out of its waistcoat-pocket, looked at it, and then hurried on, Alice started to her feet, for

ALICE

A história de *Alice no País das Maravilhas* originou-se em 1862, quando Carroll fazia um passeio de barco no rio Tâmisa com Alice Pleasance Liddell e as suas duas irmãs, sendo as três filhas do reitor da Christ Church. Ele começou a contar uma história que deu origem à atual, sobre uma menina chamada Alice que ia parar em um mundo fantástico, após cair na toca de um coelho. Quando voltou a Oxford, Alice implorou a Carroll que escrevesse a história para ela, o que ele fez em um belo manuscrito ilustrado, escrito à mão, intitulado "Alice's Adventures Under Ground" ou *As aventuras de Alice embaixo da terra*, em português.

O manuscrito levou algum tempo para ser criado e foi finalmente apresentado a Alice como um presente de Natal antecipado, em 1864. Escrito em tinta sépia, inclui 37 ilustrações a caneta e tinta (e uma página de título colorida).

Carroll foi incentivado por amigos a publicar seu manuscrito para que todos pudessem apreciá-lo. Antes de fazer isso, ele fez algumas mudanças na história e expandiu o original de 15.500 palavras para 27.500 palavras, removeu algumas das referências familiares incluídas para a diversão das crianças Liddell e acrescentou novos personagens. As novidades mais notáveis foram os episódios sobre o Gato de Cheshire e a Festa do Chá do Chapeleiro Maluco.

Ele também procurou o artista John Tenniel para criar as ilustrações, embora algumas ilustrações sejam baseadas nos próprios desenhos de Carroll. A história foi publicada em 1865 sob o novo título *As aventuras de Alice no País das Maravilhas.*

O livro foi um sucesso lento, mas promissor, e no ano seguinte Carroll já estava considerando uma continuação para ele, com base em outras histórias contadas às Liddells. O resultado foi *Através do espelho e o que Alice encontrou lá* (datado de 1872; na verdade, publicado em dezembro de 1871), uma obra tão boa ou melhor que sua predecessora.

Na época da morte de Carroll, Alice (considerando os dois volumes como uma unidade) havia se tornado o livro infantil mais popular na Inglaterra: na época de seu centenário, em 1932, era um dos mais populares e talvez o mais famoso do mundo. Com a expiração dos direitos autorais do livro em 1907, o século XX viu a publicação de um grande número de novas edições ilustradas da história de Carroll, bem como de paródias, filmes e músicas, sobre e inspirado no *País das Maravilhas*.

Alice Liddell

Ao longo de sua vida, Carroll negou que Alice fosse baseada em qualquer pessoa da vida real.

A CIÊNCIA POR TRÁS DE ALICE

A ORIGEM

Tudo começou com a história contada por Lewis Carrol para a jovem Alice Liddell e suas irmãs. Mais tarde, como já sabemos, Carroll a reescreveu como um presente para Alice, uma obra embelezada com muitos de seus próprios desenhos. Quando John Tenniel foi contratado para ilustrar uma versão da história, em 1865, Carroll deu ao artista uma foto de Mary Badcock de aparência severa para usar como inspiração.

Antes de *País das Maravilhas* ser publicado, Tenniel desenhou uma garota semelhante a Alice para uma revista de humor, a Punch.

VIAGEM PELO CENTRO DA TERRA

No início de sua viagem ao País das Maravilhas, Alice cai em um buraco de coelho aparentemente interminável. Enquanto cai, se pergunta se o buraco vai até o centro da Terra.

Na realidade, um objeto em queda aceleraria em direção ao centro da Terra. Passando pelo centro em velocidade máxima, o objeto começaria a desacelerar, atingindo a velocidade zero na outra extremidade do buraco. A viagem pela Terra levaria cerca de 38 minutos no vácuo, mas cerca de dois dias e meio se o buraco fosse preenchido com ar.

ALICE NA MENTE

"Síndrome de Alice no País das Maravilhas" (Alice in Wonderland Syndrome - AIWS, em inglês) é um distúrbio neurológico que afeta a percepção. Quem sofre dele pode sentir que os objetos (incluindo a própria pessoa) estão ficando maiores ou menores do que parecem.

O Chapeleiro Maluco teria sofrido envenenamento por mercúrio, já que o metal tóxico era amplamente utilizado na fabricação de chapéus na época.

IMAGEM NO ESPELHO

No início da sequência, *Através do espelho*, Alice chega ao País das Maravilhas passando por um espelho. Temas de reversão e inversão aparecem ao longo do livro.

Anos mais tarde, os cientistas descobriram que as moléculas orgânicas têm "lateralidade", ou quiralidade. As versões esquerdas e direitas de moléculas orgânicas podem frequentemente diferir em odor, sabor e digestibilidade por conta dessa característica.

JOGANDO

Personagens e situações em *País das Maravilhas* são inspirados em jogos de cartas, como obviamente se pode notar. O enredo da sequência, *Através do espelho,* é construído como um gigante jogo de xadrez. Alice representa o peão branco.

UM SORRISO SEM UM GATO

O gato de Cheshire tem o hábito de desaparecer, deixando aparente apenas seu sorriso. O gato foi usado como uma metáfora em vários contextos científicos.

O matemático Martin Gardner tomou nota em seu "Annotated Alice", publicado em 2000, de que "um sorriso sem um gato" é uma descrição de pura matemática. Equações são abstrações, existindo em seus próprios mundos, embora possam ser usadas para descrever a estrutura do nosso mundo físico.

A frase "Quantum Cheshire Cat" é usada na física para descrever a situação em que uma partícula subatômica e suas propriedades foram separadas.

INFORMAÇÕES SOBRE NOSSAS PUBLICAÇÕES
E ÚLTIMOS LANÇAMENTOS

editorapandorga.com.br
/editorapandorga
@pandorgaeditora
@editorapandorga

PandorgA